NOUVELLES
LÉGENDES
FRANÇAISES

PAR

ÉDOUARD D'ANGLEMONT.

Deuxième Édition.

PARIS

MAME-DELAUNAY, LIBRAIRE,

RUE GUÉNÉGAUD, N. 25.

1833

Si nous avons écrit cette nouvelle préface,
c'est qu'elle est, à notre sens, la suite naturelle,
le complément rigoureux de ce que nous avons
publié en tête de nos premières légendes, et de
nos scènes historiques sur le duc d'Enghien.

a

Iniqua nunquàm regna perpetuò manent, a
dit quelque part le vieux Sénèque. Le règne
usurpateur des systèmes barbares touche à son
agonie ! La réaction est venue, comme elle devait
nécessairement venir, à son heure de fatalité.
Après les épreuves, la science ; après les para-
doxes, la vérité ; après les incertitudes de l'ana-
lyse, la logique des faits. La loi universelle de
l'humanité n'est jamais en défaut. Et pourquoi se
désespérait-on déjà ? Autrefois Colomb ne de-
mandait que quelques jours d'attente, lorsque ses
matelots impatiens lui criaient : « Tu nous a
trompés ! » Mais le soleil du lendemain leur ré-
pondit ; et ils virent la terre qui leur avait été
promise !

Confessons-le pourtant ; malgré tous nos ef-
forts et nos mérites, nous n'avons pas encore
abordé tout-à-fait ce nouveau monde que plusieurs s'étaient chargés de nous faire découvrir,
et les révolutionnaires de la littérature ont, à

notre avis , une malheureuse ressemblance avec les révolutionnaires politiques. Toutefois, en dépit de ces synthèses inapplicables, cauchemars d'esprits incomplets , d'imaginations allucinées ; en dépit de ces exagérations qu'il serait triste , qu'il est impossible de voir se réaliser, la pratique ne mentira pas aux progrès de la théorie. L'art se régénérera et ne mourra pas. Manifestation des mystères de la pensée qui émane de Dieu , l'art est contemporain de Dieu pour toute la durée des siècles !

Quant à nous , nous avons combattu de toutes nos armes ces doctrines bâtardes qui avortent sans cesse, et qui ne font que cendre autour d'elles ; nous avons lutté opiniâtrément contre leurs partis, contre leurs idées ; et lorsque nous quittons cette arène maintenant inutile, peut-être du haut des tribunes publiques de la presse, nous jettera-t-on quelques-unes de ces félicitations qui remercient l'homme de cœur d'avoir protesté énergiquement de toute sa puissance en faveur du bon droit et de la vérité.

Pour cela, nous n'avons créé ni religion politique, ni religion littéraire; et il n'est pas éclos un dogme quelconque dans les profondeurs de notre cerveau. Nous avons la faiblesse de croire quelque peu d'un côté à la loi de Jésus-Christ; de l'autre à la loi de Molière, à la loi même de Racine, cible privilégiée de nos mitrailleurs de renommées, un peu réhabilité, il est vrai, par l'abjuration académique du grand prêtre de Baal, le maître-renégat de notre époque d'apostasies. Les améliorations que nécessitent les circonstances accidentelles, dans la succession des choses générales, nous suffisent.

Si maintenant, lorsque nous saluons d'un adieu ce passé dont nous avons fait notre patrie pour ainsi dire, on veut bien nous permettre, avant d'entrer dans les voies nouvelles que nous tenterons, de parler un peu de nos travaux, nous

dirons que nous pouvons nous glorifier d'avoir
été le premier à explorer, à reproduire sous
des formes poétiques les vieilles chroniques de
notre France, qui sera bientôt nivelée par la civi-
lisation, cette sœur jalouse de la mort. La phi-
losophie est le second instinct des poëtes ; et
peut-être nous étions-nous rendu compte, dans
nos préoccupations, de cette prédilection intime
qui nous attirait vers un but, que personne jusqu'à nous n'avait songé à atteindre, en dédain
sans doute de cette superstition, luxe de
croyance, que nous regardons, nous, comme
partie intégrante de l'histoire des peuples.

C'est ainsi qu'à une de ces rares métamor-
phoses de l'humanité, qui se préparent sous les
yeux des générations vivantes, sans qu'elles
soient aveuglées de la majesté voilée de l'avenir,
Ovide réunissait en un faisceau immortel les traditions mourantes du paganisme, et semblait deviner que le temps était venu de mettre sous le

patronage de la poésie, ces allégories mysté-
rieuses dont la postérité devait ne pas comprendre le sens à demi fabuleux , et ne plus re-
trouver la trace perdue sous la poussière qui se
fait partout dans les mouvemens des phases du
monde !

Paris , 6 juin 1833.

LÉGENDES

FRANÇAISES.

A Madame Aglaé de Corday.

MORGANE.

✳

LÉGENDE PREMIÈRE.

✳

I

MORGANE [1].

432.

Au temps du roi Grallon [2], au fond de la Bretagne,
Non loin de Landelorn [3], au bas d'une montagne,
Au flanc de roc, au front noir de genets rameux,
Était un beau lac bleu ceint d'un voile brumeux,
Que ne troublait jamais la turbulente rage
Des vents impétueux, ni des foudres d'orage.

I*

Au milieu de ce lac se dressaient des rochers,

Qui repoussaient loin d'eux la barque des nochers,

Et suivaient les contours d'une île de verdure

Où jamais les hivers n'éveillaient leur froidure,

Que, s'il passait sur elle un noir nuage errant,

La pluie enveloppait d'un réseau transparent,

Où ne posaient courlis criards, ni mauves grises,

Et d'où partaient le soir, apportés par les brises

Aux rivages du lac solitaires et nus,

Des parfums et des chants à la terre inconnus.

Oh ! que n'ai-je vécu comme mes vieux ancêtres,

Du temps où lacs, forêts, donjons, manoirs champêtres,

Tout d'un enchantement respirait animé,

Du temps de la férie ! oh ! que j'aurais aimé,

Au coucher du soleil, sur ces arides grèves,

A déployer tout seul les vagues de mes rêves,

Le visage baisé de souffles caressans ;

A sentir et mon cœur, et mon ame, et mes sens

Plongés en des transports que la terre dénie,

S'abreuver de parfums, d'espoir et d'harmonie ;

Et, dédaignant des eaux la douteuse largeur,

Peut-être on m'eût vu même, aventureux nageur,

M'élancer, du beau lac fendre l'onde tranquille,

La franchir, aborder sur les sables de l'île,

Où si j'eusse trouvé quelque être gracieux,

Aux longs cheveux flottans, au teint de rose, aux yeux

Humides et brûlans, qui m'eût aimé de l'ame,

Là, parmi des soupirs, des extases de flamme,

J'eusse noyé mes jours, sans donner un regret

Aux plaisirs des cités, au séduisant attrait

D'hommages inconstans, des amours passagères

De femmes à l'envi coquettes et légères !

C'est ce que ne fit pas le jeune et beau Kermel,

Fils du vieux comte Évan, sire de Ploërmel.

I.

Un beau soir, près du lac à l'eau calme et limpide,

Il arrive, monté sur un coursier rapide,

Aux harnois brillans d'or, tout fumant de sueur,

En descend, se promène, et voit, à la lueur

En longs fleuves de lait par la lune épanchée
Sur le lac, une barque à la rive attachée;
Il entre, la détache, et vogue insoucieux
Vers l'île d'où venaient des sons délicieux.

Il aborde bientôt, et, se jetant sans crainte
Dans les mille détours d'un vaste labyrinthe,
Passe au travers de bois, de jardins, de vergers,
Où citronniers, cédrats, ananas, orangers,
Tout porte et fruits et fleurs ; au milieu de cascades,
De peupliers tremblans bordures des chemins,
De grottes, de rochers, de tonnelles, d'arcades,
Guidé par des accords et des chants surhumains.

Il marche, il court, il vole ; au détour d'une allée,
Il voit une prairie à gazons verts, mêlée
De sinueux ruisseaux, qui se perdent au sein
Diaphane et dormant d'un immense bassin,
Où de jeunes beautés folâtrent vagabondes.
Tandis que sur le bord d'autres forment des rondes,

Et chantent le plaisir, en mariant leurs voix
Au sistre, tour à tour, ou toutes à la fois.

A l'aspect de Kermel, l'une d'elles, leur reine,
Morgane, de ces lieux puissante souveraine,
Belle comme Fréya, la Vénus des Germains,
Laisse sa harpe d'or échapper de ses mains,
Court au jeune Breton que sa vue embarrasse,
Fixe ses grands yeux noirs sur le bel inconnu,
Lui présente la main, et, d'un ton plein de grâce,
Lui dit : Beau damoisel, soyez le bienvenu.

Qui de nous, mes amis, à l'aspect d'une femme,
N'a pas senti courir, dans ses veines, la flamme
D'un rapide frisson, son regard se troubler,
N'a pas senti sa langue, au moment de parler,
Dans son palais de feu se sécher immobile ;
Son jarret se ployer sur sa jambe débile,
Et son cœur épuisé par des laves d'amour
L'arracher un instant à la clarté du jour ?

Kermel eut ce bonheur. On l'emporte, il s'éveille
Dans un palais magique, éclatante merveille,
Où parmi l'or, l'émail, la nacre des parquets,
Des meubles ; les tapis parsemés de bouquets
En plumes d'oiseau-mouche et de septicolore,
Et le cristal des murs et des vases de fleurs,
La lumière, créant étoile, météore,
Varie en cent façons sa forme et ses couleurs.

Il est sur un sofa, fraîche couche, inondée
De roses, qui sur lui descendent en ondée,
Au milieu de coussins qu'un lin soyeux revêt,
Où des oiseaux du nord s'affaisse le duvet ;
Et la dame du lac, la belle enchanteresse,
Est là qui dans ses bras le serre, et le caresse ;
Et tous les deux bientôt, égarés, éperdus,
En un seul sentiment se perdent confondus !

II.

Ah ! pourquoi faut-il donc que ce ressort d'argile
Qui marche, pense, agit, qui, voyageur fragile,
Des langes du berceau va si vite au linceul,
Et qui croit qu'en ce monde enfanté pour lui seul,
Tout le doit honorer par un servile hommage,
Que l'homme, l'homme enfin, que jeta le Seigneur
Sur la terre, créé, dit-on, à son image,
Soit un être imparfait que lasse le bonheur !

Dans l'empire enchanté de Morgane, une année
A passé pour Kermel riante et fortunée,
Et tandis qu'elle dort, avec sérénité,
Couchée auprès de lui, l'amoureuse beauté,
Dont le bras mollement l'enchaîne et le couronne,
Qui de mille plaisirs sans cesse l'environne,
Dont il a toute l'ame, et qui lui vient d'offrir
La rose dont le charme empêche de mourir ;

De sa chaîne avec art il fuit ; sur une grève
Isolée et brumeuse, il va s'asseoir ; il rêve
De femmes, de patrie et d'immortalité ;
Et revoyant l'esquif qui l'avait apporté,
Il y court, il y monte, et, d'un bras énergique,
Rame ; et, vers l'autre rive emporté par l'espoir,
S'envole ! Il ne sait pas que la rose magique,
En changeant de séjour, change aussi de pouvoir !

A peine a-t-il posé son pied sur le rivage
Qu'il sent dans tout son être un horrible ravage,
Que sur le sable aride il tombe, et sans couleur
Expire, en invoquant le secours de la fleur ;
Tandis que sur le lac qu'une trombe soulève
Une tempête affreuse et mugit et se lève,
Et que dans son fracas, au bruit de doux concerts,
Ile verte, lac bleu, tout se fond dans les airs.

On conte que depuis cet étrange mystère,
En des lieux tout-à-fait ignorés de la terre,

Habitèrent la fée et sa cour ; que parfois
On entendit dans l'air leurs accords et leurs voix ;
Et que même souvent on les vit, dans l'orage,
Tirer des flots roulant courroucés et grandis,
Quelque prédestiné, qui, sauvé du naufrage,
Allait perdre son ame en leur doux paradis [4].

A mon ami Alexandre Dumas.

LA PARTIE DE DÉS.

❋

LÉGENDE DEUXIÈME.

❋

LA PARTIE DE DÉS.

567

J'ai visité les restes du couvent
De Saint-Benoît, sur les bords de la Loire,
Accompagné de ce jeune savant
Qui, d'Orléans ressuscitant la gloire,
Dote les arts de son passé vivant [5].

Il m'a montré dans l'église gothique
Le monument simple, à l'aspect antique [6],
Que fit bâtir à Philippe premier,
Pour honorer dignement sa mémoire,
Son fils docile à son ordre dernier [7] ;
Puis sur le lieu m'a conté cette histoire.

Sous Caribert, un riche métayer
Pieusement, par un don volontaire
Qu'un parchemin avait soin d'étayer,
A saint Benoît, comme à son monastère,
Avait cédé sa masure et la terre
Qui l'entourait ; et ce par la raison
Que le pauvre homme amaigrissait d'alarme,
En entendant chaque nuit grand vacarme
Que Belzébuth faisait dans sa maison.
Et notre saint, pour clore ce désordre,
Du goupillon va dans chaque recoin
Distribuer l'eau bénite, avec ordre
A Belzébuth de s'ébattre plus loin ;
Mais le malin lui donnait à retordre !

Il s'enfuyait, revenait au manoir ;

Puis, une nuit, couvrant d'un manteau noir

Tout l'attirail qui fait l'ange rebelle,

Il apparaît au saint qu'il interpelle.

« L'abbé, dit-il, prouver que la maison

Est mien domaine, on le pourrait peut-être,

Depuis assez long-temps j'en suis le maître,

Et le bailli me donnerait raison ;

Mais je veux bien traiter à l'amiable ;

Vous êtes saint ; moi, je suis un bon diable.

Chacun le sien ici-bas ; ce qu'il faut,

C'est d'être honnête, et l'on vaut ce qu'on vaut.

A nos débats, je viens donc mettre un terme,

Et le moyen est là dans mon pourpoint ;

Finissons-en, l'abbé, jouons la ferme,

Au jeu de dés, d'un coup, au plus haut point. »

Le saint accepte, et Belzébuth amène

Rafle de six ! « Gagne donc le domaine,

Dit le démon avec un ton railleur,

Je voudrais bien te voir un dé meilleur ! »

Et le bon saint, qui peu se déconcerte,

Jetant les dés, de lui répondre : « Certe,

J'espère peu, mais je tente, qui sait? »
Et les trois dés donnent rafle de sept!

« Rafle de sept! je n'y puis rien comprendre,
Reprend le diable, en se frottant les yeux.
C'est par trop fort! ce coup-là vient des cieux!
Comptons encor; vingt-un! Il faut se rendre!
Oui, j'ai perdu, je n'avais que dix-huit!
La clause est là! Je ne puis plus débattre!
Garde donc tout! Adieu! » Puis il s'enfuit
Loin de la ferme, en jurant comme quatre;
Et même on dit qu'en courant comme un fou,
Il baptisa saint Benoît de filou.

De ce miracle on garde la mémoire
Dans le pays; on le conte souvent;
Et ce qui fait que nous devons y croire,
C'est qu'il est peint aux vitraux du couvent [8].

A Madame Récamier.

MÉLUSINE.

✽

LÉGENDE TROISIÈME.

✽

2*

MÉLUSINE.

994

La belle Médicis, ce fléau, que Florence
Envoya parmi nous ; cette reine de France,
Dont on ne dit jamais le nom qu'avec effroi,
Traversait le Poitou sur un doux palefroi [9] ;
Elle voit, non loin d'elle, une limpide source,
Et trois femmes lavant ; elle arrête sa course,

Descend de son cheval, s'assied sur le gazon,

Et tandis qu'on lui sert pâtés de venaison,

Gâteaux et vins exquis, la vieille qu'elle honore

De questions, suspend de son battoir sonore

Les coups précipités, et conte à Médicis

L'histoire qu'aujourd'hui je place en mes récits.

I.

Pressine, fée illustre et reine d'Albanie,

Après l'avoir chargé de reproches amers,

De la cour d'un époux s'était jadis bannie,

Pour fixer son séjour dans une île des mers ;

C'était l'île perdue, ainsi, dit-on, nommée,

De ce que les vaisseaux la trouvaient rarement ;

Où sa sœur fée aussi, comme elle renommée,

D'un printemps éternel soufflait l'enchantement.

Là, Pressine vivait, de doux soins occupée,

Près d'une fille belle, à taille svelte, aux yeux

Étincelans, miroir d'une ame bien trempée ;
Qui, sur un cou plus blanc que la neige des cieux,
Que le toucher du sol n'a point encor flétrie,
Laissait de ses cheveux flotter le noir ruisseau ;
Qui comptait dix-huit ans ; que du don de féerie,
Sa mère avait pourvue encore à son berceau.

Chaque matin Pressine, à ce que dit l'histoire,
Montait avec sa fille au sommet d'une tour,
Et lui montrant au loin un large promontoire,
Dont la frange des mers bordait le blanc contour :
« Mélusine, c'est là, là que règne ton père !
Il me fit un serment qu'il n'a pas su tenir [10] !
Voilà le beau pays, le royaume prospère,
Qu'avec toi, mon enfant, j'ai fui pour le punir ! »

Un jour vint qu'au moment de la course d'usage,
Mélusine avait fui l'île ; mais, colorant
D'orgueil et de bonheur les lis de son visage,
La jeune fée, au soir, vers Pressine accourant :

« Mère, j'ai dignement châtié le parjure !
Sur le mont Brandelois par mon art amené,
Celui dont chaque jour tu me contais l'injure,
Pose en un souterrain son front découronné.

— Ton père ! était-ce à toi d'acquitter ma vengeance ?
Lui réplique Pressine. Outrager à ce point
La nature et ses droits ! N'attends point d'indulgence !
Un semblable forfait ne se pardonne point !
Sur des bords étrangers va chercher aventure ;
Va montrer de ton art le pouvoir merveilleux ;
Va, chaque samedi, des pieds à la ceinture,
Tu te transformeras en serpent écailleux !

Toutefois, si tu peux trouver, sur cette terre,
Un homme qui t'épouse, et qui, par un serment
Se laissant engager, respecte le mystère
Dont tu te couvriras durant ton châtiment,
La peine qu'aujourd'hui ma justice t'impose
N'aura lieu que vingt ans ; mais si, pendant ces jours,

Ton mari te voyait dans ta métamorphose,
Tu serais condamnée à la garder toujours ! »

II.

Par un dragon dans l'air Mélusine emportée,
Sur les côtes de France a passé comme un trait ;
Mais, soudain par la soif en sa course arrêtée,
Elle aperçoit de loin, au bord d'une forêt,
Le cristal frais et bleu d'une source isolée ;
Elle y vole, et, cueillant l'eau de sa blanche main,
Elle boit ; puis, auprès de sa monture ailée,
S'assied sur l'herbe et dort jusques au lendemain.

Aux sons d'un cor lointain Mélusine s'éveille ;
Et bientôt elle voit accourir, du côté
D'où le bruit de la chasse arrive à son oreille,
Un jeune homme éclatant de grâce et de beauté ;
Des signes de l'effroi sa figure est empreinte ;
Le hasard semble seul précipiter ses bonds ;

On dirait qu'égaré dans un noir labyrinthe,
Il tente ses chemins nombreux et vagabonds.

« Arrêtez, Raymondin, suspendez votre fuite,
Lui dit la belle fée avec un doux accent,
Personne en ce moment n'est à votre poursuite ;
Asseyez-vous, calmez votre esprit, votre sang. »
Et lui s'approchant d'elle, au bord de la fontaine :
« Quoi ! vous savez mon nom ? — Et votre histoire aussi ;
Oui, Raymondin, je sais, de science certaine,
L'affreux événement qui vous amène ici ;

Oui, je sais qu'au sortir d'une brillante fête ",
Votre main a visé d'un javelot un daim ;
Que le fer est allé s'enfoncer dans la tête
Du comte de Poitiers votre oncle, Raymondin !
Mais, si vous n'êtes point à mes désirs rebelle,
Point de danger pour vous, vos jours seront filés
D'or et de soie ! — O fée aussi bonne que belle,
Répond le damoisel, qu'exigez-vous ? Parlez.

— Il faut, beau chevalier, me nommer votre femme.

— Oh ! n'est-ce que cela, lui dit-il plein d'émoi ?

Qui ne vous donnerait et sa main et son ame?

— Ce n'est pas tout encor, Raymondin, jurez-moi,

Afin que le bonheur suive nos destinées,

Que vous me laisserez passer secrètement

Les samedis, durant le cours de vingt années. »

Et lui, brûlant d'amour : « Je vous en fais serment ! »

III.

Hommes aux nœuds tissus par le prêtre ou le maire,

Vous que l'on a promis d'aimer, d'aimer toujours,

Si vous ne voulez pas trouver la vie amère,

Si vous ne demandez que de paisibles jours,

Écoutez un avis, un avis salutaire :

Si vos femmes jamais défendent à vos yeux

L'abord affriandant d'un secret, d'un mystère,

Gardez-vous d'y porter un regard curieux !

Depuis près de vingt ans riche de renommée [11],
De l'amour d'un époux à tous ses vœux soumis,
Mère de dix enfants, dont elle était aimée,
Célèbres la plupart, à des trônes promis [13],
Au fort de Lusignan, centre de son domaine,
Mélusine vivait heureuse ; mais soudain
Voilà qu'un samedi dans le châtel amène
Le comte de Forêt, frère de Raymondin !

Il monte le perron, joyeusement embrasse
Son frère qu'il n'a pas embrassé de dix ans,
Entre dans une salle où tous deux prennent place
Au feu, sur des fauteuils et noirs et reluisans ;
Puis, après quelques mots d'usage ou de tendresse,
L'arrivant : « Ne peut-on baiser la blanche main
De la dame du lieu, de ton enchanteresse ? »
Et le mari troublé : « Tu la verras demain.

— Malade ?... absente ?... — Non, mais elle a l'habitude
D'aller le samedi dans un endroit secret,

Pour se livrer sans doute à son art, à l'étude ;
J'ai juré que jamais on ne l'y troublerait.
— Vrai, mon frère !.. entre nous, on m'a dit... Je soupçonne
Qu'elle fait sa retraite un peu moins tristement ;
Le mari n'est-il pas la dernière personne,
Qui ?... Si ta fée avait un amant ? — Un amant ! »

Et dans l'accès jaloux qui l'agite et l'emporte,
Pâle, Raymondin sort, il traverse le pont,
Court vers un pavillon du jardin, à la porte,
Appelle Mélusine, et rien ne lui répond !
Mais, appuyant soudain la pointe de son glaive
Sur la fente d'un clou dans la porte enfoncé,
A force de tourner il l'ébranle, il l'enlève,
Et dans l'appartement son regard a passé !

Que voit-il ? Mélusine, en un bassin d'albâtre,
Qui passe un blanc ivoire en ses cheveux de jais,
Et qui bat, d'une queue écailleuse et verdâtre,
L'eau qui vers le plafond bondit en mille jets !

Il entend aussitôt comme un fracas de foudre !
Il voit le pavillon en ruines croulant !
Les parois du bassin tombent réduits en poudre !
Et Mélusine en l'air sur un dragon volant :

« Adieu donc, Raymondin ; je te laisse en des terres
Dont on ne jouira jamais qu'avec débats !
Tes descendans, jetés en de cruelles guerres,
Bien souvent se plaindront du destin des combats !
Les jours de la plupart seront des jours d'orage ;
Un grand nombre mourra du fer ou du poison ;
Mais Geoffroi, grand de dents et surtout de courage,
Élèvera bien haut l'honneur de ta maison [14] ! »

On conte que depuis aux monts de Sassenage [15]
Mélusine réside, et qu'en des rochers creux,
Merveilles du pays, elle se baigne et nage,
Avec des bras de neige et des anneaux terreux ;

Puis, que, lorsqu'en son fort un être de sa race,

Homme ou femme, bientôt doit rendre compte à Dieu,

Elle arrive, et, du haut des créneaux qu'elle embrasse,

Lui jette en cris perçans un lamentable adieu.

𝔄 𝔐adame la vicomtesse de 𝔖aint-𝔐auris

———∙⊙∙———

L'ÉTANG DUCAL.

❋

LÉGENDE QUATRIÈME.

❋

L'ÉTANG DUCAL [6].

1032.

Au-dessous d'un grand bois, où le pin et le chêne
Devant un vieux donjon étalent leur rideau,
Au milieu de rochers, ovale et grise chaîne,
Le lac ducal étend sa verte nappe d'eau.

C'était sur un des rocs, encadremens de l'onde,
Que belle, sans habits, quand le soleil ardait,

3ᵛ

Une femme peignait sa chevelure blonde,
Et fuyait sous les eaux dès qu'on la regardait.

Mais elle n'était pas pourtant toujours sauvage ;
Elle ne voilait point sous l'onde ses attraits,
Alors qu'elle voyait passer près du rivage
Un jeune villageois, aux yeux noirs, au teint frais.

Puis elle l'appelait de ses regards de flamme,
Du geste de sa blanche et délicate main ;
Puis, d'une voix suave où vibrait toute une ame,
Modulait ces accens sur un air surhumain :

« De ton cœur bannis la crainte
Sur ton beau visage empreinte ;
Quitte le hameau natal,
Viens dans mon frais labyrinthe,
Dans ma grotte de cristal.

Viens, m'aimer n'est point folie ;
Regarde : je suis jolie,
J'ai de longs cheveux pendans,
Une peau blanche et polie,
De grands yeux saphirs ardens!

Rien ne vaut le doux mystère
De la couche solitaire
Où je serai toute à toi !
Jamais fille de la terre
Ne t'aimera comme moi ! »

Mais sans doute occupé par quelque autre espérance,
Le cœur sans doute épris d'une fille des champs,
Le villageois, passant avec indifférence,
N'écoutait ni les yeux, ni la main, ni les chants!

Mais, un jour, revêtu du costume de fête,
Le sourire à la bouche et l'amour dans les yeux,

Au son du biniou, s'avançant à la tête
D'un cortége paré de rubans et joyeux,

ı

Le jeune homme tenait un bras de jouvencelle,
Au chapel de bleuets et de fleurs d'oranger ;
La sirène, d'un œil où la rage étincelle,
Le voit et dans l'étang se hâte de plonger!

C'était dans les jours chauds : au sortir de la messe,
L'époux au doux trésor entre ses mains remis :
« Je reviendrai bientôt... je t'en fais la promesse. »
Puis il court se baigner avec quelques amis.

Mais à peine avait-il jeté quelques brassées
Qu'un visage divin s'éleva sur l'étang,
Et, de deux blanches mains à ses mains enlacées
Le jeune homme saisi, disparut à l'instant !

Personne n'a revu villageois ni sirène ;
Mais parfois il s'échappe un chant doux et léger
De ce lac, où depuis un tourbillon entraîne
Et précipite au fond quiconque ose y nager [17] !

A mon Ami Eugène Sue.

LA

CHAPELLE DU DAMNÉ.

✻

LÉGENDE CINQUIÈME.

✻

LA

CHAPELLE DU DAMNÉ.

1084.

Sous la grande rosace, aux gothiques dessins,
Aux vitraux colorés, panorama de saints,
Qui domine du nord la porte latérale,
Non loin du chœur, Paris a dans sa cathédrale
Une chapelle nue et dite *du damné*,
Dont l'autel au sommet s'évase, couronné

Par un évêque en pierre, avec sa mitre en tête,
La tunique, l'étole et la chape de fête,
Et tenant sous sa crosse, à ses pieds abattu,
Un monstre à front de chien, d'écailles revêtu [18];
Or, je veux vous conter comment cette chapelle
Reçut aux temps passés le nom dont on l'appelle.

Raymond Diocre ou Diocrès, chanoine de Paris,
Un matin fut trouvé, dans sa chambre, surpris
Par la mort ; ce chanoine, au dire populaire,
Avait toujours été d'une vie exemplaire ;
Il ne se nourrissait que des plus simples mets,
De légumes, de fruits, de laitage ; jamais
Ce prêtre n'avait bu de vin, d'hydromel même !
Il jeûnait Quatre-Temps, Vigiles et Carême !
Que de fois il avait alimenté, vêtu
Des enfans, des vieillards ! Jamais il n'avait eu
Ni servante au logis, ni nièce ! Pour compagne
Jamais il n'avait eu qu'une chèvre d'Espagne,
A la barbe pointue, aux poils blancs et soyeux,
A la corne arrondie avec grâce, aux doux yeux,

Et qui, dans son jardin commodément logée,

Recevait de ses mains herbe, fruit ou dragée !

Aussi, quoiqu'il fût mort sans s'être confessé,

Sur un lit de parade en sa maison dressé,

La face découverte, avec son grand costume,

On l'étendit, ainsi que c'était la coutume,

Près d'un cierge allumé, d'un crucifix d'argent,

De l'hysope bénit dans l'eau sainte nageant,

D'espérance et de foi signes emblématiques [19] ;

Et l'on vint lui donner et pleurs et mots mystiques,

Durant trois jours ; et puis arrive le clergé

Précédé de la croix, sur deux lignes rangé,

Suivi de mendians, d'ordres, de confréries,

Avec bannières, croix, légendes, armoiries ;

L'évêque, vers le lit de parade penché,

Dit un *de profundis* devant le mort couché,

En abaissant sur lui la crosse pastorale ;

Et la procession marche à la cathédrale,

Selon le rite ancien, le rite accoutumé,

Chantant, psalmodiant le *saint libera me*,

De ce ton monotone à l'église ordinaire ;

Dans le chœur, où s'étale un pompeux luminaire,

Sous un blanc catafalque à l'aspect opulent,
On place le cercueil recouvert du drap blanc ;
Puis l'évêque, au milieu d'une assemblée immense,
Prend en main l'encensoir et la messe commence.

Mais comme le clergé, calme et froid, prononçait,
D'une voix solennelle et lente, ce verset :
Combien ai-je péché [20]? la bière se découvre !
La voilà qui frémit et qui craque et qui s'ouvre ;
Et qu'une tête en sort, qui dit : *En jugement,*
O mon Seigneur, mon Dieu, tu m'as mis justement [21] !
Et la tête aussitôt se recouche ; la foule
Et se signe et s'enfuit et se heurte et se foule ;
Et l'évêque lui-même immobile, pâmé,
Ordonnant de poser le cercueil refermé
Devant une chapelle auprès du chœur placée,
Remet au lendemain la messe commencée !

Le lendemain arrive ; et, comme on prononçait,
Devant le mort au chœur ramené, le verset :

Combien ai-je péché? la bière se découvre !

La voilà qui frémit et qui craque et qui s'ouvre ;

Et qu'une tête en sort, qui dit : *Ton jugement,*

O mon Seigneur, mon Dieu, m'a jugé justement [22].

Et la tête aussitôt se recouche ; la foule

Et se signe et s'enfuit et se heurte et se foule ,

Et l'évêque lui-même immobile, pâmé,

Ordonnant de poser le cercueil refermé

Devant une chapelle auprès du chœur placée,

Remet au lendemain la messe commencée !

Le lendemain arrive ; et, comme on prononçait,

Devant le mort au chœur ramené, le verset :

Combien ai-je péché? la bière se découvre !

La voilà qui frémit et qui craque et qui s'ouvre ;

Et qu'une tête en sort, qui dit : *Ton jugement,*

O mon Seigneur, mon Dieu, m'a damné justement [23] !

Et la tête aussitôt se recouche ; la foule

Et se signe et s'enfuit et se heurte et se foule ;

Et l'évêque lui-même immobile, pâmé,

Ordonne d'arracher du cercueil refermé

Le mort, dont la mémoire est sur-le-champ flétrie,
Et le fait à l'instant jeter à la voirie ,
Où l'on vit une chèvre, aux poils blancs et soyeux,
A la corne arrondie avec grâce, aux doux yeux,
Comme une veuve, en proie au malheur qui la nâvre,
Morne, sans pleurs, ni cris, mourir sur un cadavre !

Depuis on appela chapelle du damné,
La chapelle où le mort avait stationné;
Et, si nous en croyons une vieille chronique,
Bruno le Saint, témoin de ce prodige unique,
L'esprit épouvanté des jugemens de Dieu,
Dit aussitôt au monde un éternel adieu [24] !

A Madame la Duchesse d'Abrantès.

LE

CHATEAU DE CLAIRMARAIS.

❋

LÉGENDE SIXIÈME.

❋

4

LE

CHATEAU DE CLAIRMARAIS.

1131.

Les vieux châteaux normands, la Seine aux beaux rivages,
La Rille dont l'air pur souffla sur mon berceau,
Les forêts de Bretagne et ses landes sauvages,
Ont de tributs nombreux enrichi mon faisceau ;
Mais, avec tes manoirs et tes couvens mystiques,
Flandre où mugit l'Escaut, terre de mes aïeux,

4*

Tu n'es pas moins féconde en récits fantastiques,
En récits où l'enfer combat avec les cieux !

I.

C'était par un beau soir, en automne ; Isabelle,
Femme du vieux Ulric, sire de Clairmarais,
A l'âge des amours, et fraîche autant que belle,
Au fond de son châtel entouré de marais,
Attendait son époux sorti pour une chasse,
En brodant des fleurs d'or sur un neigeux satin,
Que destinait la dame à décorer la châsse
Du patron du pays, le puissant saint Bertin [25].

Et ses femmes ouvraient près de leur châtelaine,
En silence (Isabelle aurait cru déroger,
En laissant sous ses yeux parler une vilaine,
Sans que sa noble voix daignât l'interroger),
Lorsque de la poterne un bruit de cor résonne ;
Et soudain sur les fronts la pâleur de courir,

A ce bruit que jamais n'avait ouï personne;
Puis un page aussitôt d'aller s'en enquérir.

Et le page revient, fait humble révérence
Aux pieds de sa maîtresse, et lui dit qu'un seigneur,
Du nom de Brudemer et de haute apparence,
D'un abri pour la nuit sollicite l'honneur.
« Amenez-le, dit-elle avec un doux visage,
Ici, quoique son nom ne me soit pas connu; »
Puis elle verse à flots l'hypocras que l'usage
Veut qu'on offre en bon signe à l'hôte bienvenu.

Et comme elle achevait de verser le breuvage,
Dans la salle introduit, le sire Brudemer
Lui rend grâce; son œil est ardent et sauvage;
Sa voix a quelque chose et de rude et d'amer;
Mais son langage est plein d'une grâce choisie :
Mais jamais, non jamais on n'a vu s'allier
Des propos plus mielleux à tant de courtoisie ;
Non, jamais on n'a vu d'aussi beau chevalier !

« Loin de mes gens, du fond d'une bruyère aride,
En vos bois, poursuit-il, emporté par les bonds
D'un cheval qui courait indocile à la bride,
Combien je maudissais ses élans vagabonds !
Mais depuis que j'ai l'heur d'être près d'Isabelle,
De voir, de contempler, en un brûlant émoi,
Une perle, un trésor, une blonde aussi belle,
Fatigues et dangers ne comptent plus pour moi ! »

Et les dames d'atour, qui, selon la coutume,
S'étaient assises loin, bien loin de l'entretien,
Regardaient Brudemer, admiraient son costume
Semé d'or, de rubis, son gracieux maintien ;
Sa pose en même temps et noble et familière,
Ses doigts légers et blancs, ses noirs et longs cheveux,
De ses traits ravissans la beauté régulière,
Et ses yeux qui dardaient de flamboyans aveux.

Eh ! dites, que peut faire, en semblable occurrence,
La noble châtelaine, aux attraits éclatans,

Elle qui ne connaît l'amour qu'en espérance,
Et qui sent sous sa chair battre un cœur de vingt ans?
Dans un pareil moment, dites-moi, que peut faire
La femme d'un mari vieux et qui dans les bois
Court toujours, une femme à laquelle on préfère
Les limiers, les chevaux et le cerf aux abois?

Elle sourit, s'émeut, et devenant plus tendre,
La cachant aux regards de ses dames d'atour,
S'approchant par degrés, Brudemer fait entendre
A voix basse, le vœu d'un énergique amour;
Cependant qu'il saisit sa main qu'elle abandonne,
Qu'il l'étreint de baisers et nombreux et brûlans,
Et, de genoux hardis offenseurs qu'on pardonne,
Caresse les contours de ses genoux tremblans.

Et le front, le beau front de notre châtelaine
Se voile de sueur ou pâle ou rougissant;
A bonds précipités s'échappe son haleine;
Un tourbillon de feu bat son corps frémissant;

Elle cache en ses mains sa tête qu'elle penche
En arrière; et le voile au grand saint réservé,
Le voile de satin, que brodait sa main blanche,
Glisse de ses genoux au marbre du pavé.

« Ah! si l'on m'octroyait ce don, ce lien d'ame,
Dit avec passion le sire Brudemer,
En montrant à ses pieds le tissu que la dame
Destinait aux saints os gardés à Saint-Omer,
Si celle qui l'orna de ces fleurs merveilleuses,
Me prend pour chevalier, vous verrez de quel cœur
J'irai férir de lance aux joutes périlleuses,
Tant que loz et clamours s'envoleraient en chœur. »

« — Prenez. » Et, pour cacher un sourire farouche,
Un mouvement de traits et sinistre et joyeux,
Qu'il voudrait vainement retenir, de sa bouche
Il approche aussitôt le gage précieux ;
Et comme s'il brûlait le rejette avec rage !
Sortant de baptiser un enfant du château,

Le chapelain, je crois, avait sur cet ouvrage
Porté ses doigts encor mouillés d'une sainte eau.

Mais Brudemer plus calme, avec plus de mystère :
« Jusques à la poterne un vieillard m'a conduit ;
La dame, m'a-t-il dit en s'asseyant à terre,
Par le fouet d'un valet m'a tantôt éconduit ;
Elle m'a menacé d'un cul-de-basse-fosse,
Si je venais encor demander à la voir !
Mais je me vengerai, car sa naissance est fausse,
Et le seigneur Ulric de moi va tout savoir !

» Sachez, ajouta-t-il, qu'elle n'est point la fille
D'Anna de Cagnicourt et du comte d'Érin ;
C'est la mienne, et je l'ai mise en cette famille,
A défaut de l'enfant de notre suzerain,
Mort sous mon toit, ayant pour nourrice ma femme ;
J'ai la preuve avec moi de ce que je vous dis.
Ulric de Clairmarais dépouillera l'infâme
Des titres et des biens qui font son paradis. »

La châtelaine écoute étonnée et marrie ;
Et Brudemer poursuit : « Maintenant le vieillard
Est devant la poterne et dort, je le parie ;
Venez et dans son cœur enfoncez mon poignard ;
D'un péril imminent ce moyen seul vous garde.
— O ciel, je le tûrais, lui, mon père ! — J'ai tort, »
Réplique en souriant Brudemer qui regarde
Isabelle qui pleure et s'agite et se tord !

« Que sait-on ? Par pitié, près d'une autre épousée,
On pourra vous placer dans le peuple servant !
Qui peut vous arriver au pis ? D'être rasée,
Et de finir vos jours en quelque bon couvent ! »
Et la dame aussitôt se lève ; par un geste
A ses femmes défend de sortir, prend la main
De son hôte debout, près d'elle ; et d'un pas leste,
De la poterne ensemble ils suivent le chemin !

II.

Après avoir passé tout le jour à la chasse,
Ulric de Clairmarais (il faisait déjà noir),
Au repas du retour pressé de faire face,
Arrive le premier aux abords du manoir ;
Son cheval tout-à-coup se câbre et se rebelle ;
Il regarde, et d'horreur tremble, en reconnaissant
Le père nourricier de sa femme Isabelle,
Étendu sur la terre et baigné dans son sang !

Mais autour du vieillard on accourt, on se presse ;
On lui donne des soins rapides et zélés ;
Il entr'ouvre les yeux, avec effort se dresse,
Et murmure des mots à peine articulés
A l'oreille d'Ulric qui vers son front se penche ;
Et laissant le mourant aux mains du chapelain,
L'œil en feu, hérissant sa chevelure blanche,
Sur le pont abaissé passe le châtelain.

Il entre, et, d'un visage impossible à décrire,
Il voit la châtelaine et Brudemer, tous deux
Jouant au jeu d'échecs. Ils éclatent de rire ;
Et lui, lui, le mari de colère hideux :
« Le vieillard a dit juste ! au diable, j'abandonne
Une femme adultère et parricide, ainsi
Que ce châtel qu'elle a souillé ! Je les lui donne ! »
Et Brudemer de feux se couronnant : « Merci. »

III.

Environ deux cents ans après cette aventure,
Apercevant des tours au milieu d'un marais,
Un moine vers le soir arrêtant sa monture,
Près d'un pâtre : « Quel est ce châtel ? — Clairmarais,
Manoir antique et vaste, à ce que l'on soupçonne,
Habité nuit et jour par des esprits mauvais !
Malheur à qui s'y montre ! il n'en revient personne !
Mon père, gardez-vous d'en approcher ! — J'y vais. »

Et vers le vieux château le moine s'achemine,
Arrive, et sans obstacle a bientôt pénétré
Dans un salon, qu'un lustre aussitôt illumine.
Un échiquier est là devant lui préparé.
Par la porte qui s'ouvre affluant en grand nombre,
Des pages, des valets et des dames d'atour,
Qui marchent sans jeter le moindre bruit, sans ombre,
Entrent dans le salon, se rangent à l'entour.

Et peu d'instans après, flambant de pierreries,
S'avance un beau seigneur qui noblement sourit,
Qui sur son pourpoint rouge, en guise d'armoiries,
Porte deux dragons noirs, sous lesquels est écrit :
« Brudemer ! » Sur le bras de cet homme appuyée,
Tremble une femme pâle et belle et jeune encor ;
Puis suivent vingt enfans à la taille ployée
Par dix larges coffrets de fer tout remplis d'or !

Et devant l'échiquier Brudemer prenant place :
« Je mets tous mes trésors et ce châtel au jeu,

Contre ton ame, vois ! » Et, s'asseyant en face,
Le moine lui répond : « Bien , j'accepte l'enjeu. »
Puis en avant la tour à la marche carrée,
Le cavalier qui tourne en bonds, le fou biaisant,
La reine en double voie à son désir livrée,
Et le roi qui ne fait qu'un pas rare et pesant !

Et, par des mouvemens qu'un art savant opère,
L'adversaire du moine au mat paraît conduit ;
Sur son visage sombre on lit qu'il désespère,
Qu'à tout abandonner le démon est réduit ;
Mais la dame aussitôt, d'un froid maintien sortie,
De son oreille approche et lui parle tout bas ;
Il joue un coup qui semble assurer sa partie,
Et tous les assistans de rire avec ébats.

Et le moine, devant cette chance fatale,
Devant l'enfer qui s'ouvre, immobile, atterré,
Adresse à son bon ange une oraison mentale ;
Un doux calme renaît sur son front inspiré ;

Et comme il va jouer, soudain il voit s'éteindre,
Comme sous un grand vent, le lustre du plafond ;
Il entend mille cris que rien ne peut dépeindre !
Puis à ce bruit succède un silence profond !

Le saint homme à prier donna la nuit complète ;
Et, quand le jour naissant vint, bien lent à son gré,
Éclairer le salon, découvrit un squelette
Sous un habit de femme et riche et déchiré,
Auprès de l'échiquier étendu solitaire ;
Puis, resté possesseur de l'or et du château,
De cet endroit maudit il fit un monastère,
Où de la bande noire a passé le marteau [26].

A mon ami Jules Janin.

LE

FOSSOYEUR DE VAUGIRARD.

LÉGENDE SEPTIÈME.

LE

FOSSOYEUR DE VAUGIRARD.

1138.

Vaugirard eut jadis, parmi ses fossoyeurs,
Jean l'ivrogne, bon père et bon époux d'ailleurs,
Qui jouait de la flûte, aux danses des dimanches;
Des cercueils pour son feu s'appropriait les planches;
Et sauvait les linceuls et des vers et des rats,
Pour fournir sa maison de nappes et de draps.

I.

Un soir, au clair de lune, il creusait une fosse,
Pris de vin, en chantant d'une voix aigre et fausse,
Ce bizarre refrain qui, sur un air nouveau,
En bonds sourds et pesans coulait de son cerveau :

Non, je ne peux connaître
Ni chagrin, ni remords ;
Pour donner du bien-être,
Vivent, vivent les morts !

Mais vers Jean qu'interrompt une cloche qui sonne,
Une file de gens marche, où chaque personne
Se meut, enveloppée en un long manteau blanc !
Ils portent dans leurs mains un gros cierge brûlant,
Que jette au fossoyeur chaque être qui défile ;
Puis roule des deux bras du dernier de la file,

Une boule de cire énorme, où, sous le vent,

Deux mèches en dards bleus dressent leur feu mouvant !

Mais la procession quitte le cimetière ;

Et les yeux arrêtés, durant une heure entière,

Sur le paquet de cire, immobile, interdit,

Debout, les bras croisés, le fossoyeur se dit :

« Quelles sont donc ces gens? Je n'y puis rien comprendre,

Et cette cire-là pour moi dois-je la prendre?

Des capuchons!... Ces gens sont des religieux !

Oui, des hommes de Dieu, des envoyés des cieux !

Si c'était des démons ou des morts ? mais qu'importe,

Oui qu'importe après tout, la main qui nous apporte!

Salut, honneur et gloire aux bailleurs de cadeaux ! »

Et, chargeant sur-le-champ la cire sur son dos,

Jean vers son toit, chantant, trébuchant s'achemine ;

Et peu d'instans après, entrant dans sa chaumine,

Et cachant son fardeau dans un endroit secret :

« Morgué, voilà de quoi hanter le cabaret ! »

II.

La nuit du lendemain, couché près de sa femme,
Comme quelqu'un qui vit en pureté de l'ame,
Calme, le fossoyeur reposait endormi,
Quand on frappe à sa porte. Il s'éveille à demi;
En se frottant les yeux, court ouvrir! O merveille!
Les gens qu'au cimetière il avait vus la veille,
Il les voit! Sous son toit, qu'illumine à l'instant
D'un flambeau qui surgit le panache éclatant,
Chacun d'eux à son tour comme un éclair s'élance;
Ils font trois fois le tour de la chambre en silence;
Ils se rangent devant le pâle fossoyeur,
Retombé sur son lit grelotant de frayeur;
Et jetant leurs manteaux, découvrent des squelettes,
Et des squelettes, tous structures incomplètes,
Appareils mutilés de l'ossuaire humain!
Ils sont ou sans épaule, ou sans jambe, ou sans main,
Ou sans bras, ou sans côte, et le dernier sans tête!
Et le paquet de cire et s'avance et s'arrête,

Et ne présente plus qu'un assemblage d'os !

Et les morts de crier : « L'épine de mon dos !

Ma tête ! mon fémur ! mon tibia ! mes côtes ! »

Et Jean rend à chacun son bien. L'un de ses hôtes

Va prendre à la muraille une flûte qui pend ;

Devant le fossoyeur qui trop tard se repent,

Se place, puis gambade, et du doigt lui fait signe

De jouer sans retard ; et Jean, qui se résigne,

De ses lèvres en bec approche l'instrument ;

Et se prenant les mains, autour de lui formant,

En battant la mesure, une éternelle ronde,

Qui tourne, avec le bruit du tonnerre qui gronde,

Prompte comme le vent, les squelettes en chœur,

Lui jettent ce refrain avec un ris moqueur :

Non, tu ne peux connaître

Ni chagrin, ni remords ;

Pour donner du bien-être,

Vivent, vivent les morts !

La nuit ne vit point fuir le ballet fantastique ;
Mais quand l'aube parut, de l'habit monastique
Chaque mort se couvrit, et quitta la maison !

Et de cette nuit-là Jean perdit la raison.

A mon ami Merville.

—————

LES TROIS CHATEAUX

DU BARON D'HOBARD.

LÉGENDE HUITIÈME.

LES TROIS CHATEAUX

DU BARON D'HOBARD.

1145.

Nous venions de passer, en voiture publique,
Devant une colonne, où dort une relique
En un cadre de fleurs, de rubans ; où se lit :
Alsace ; d'où le flot d'une eau claire jaillit ;
Et de Saverne à pied nous descendions la côte.
Le conducteur et moi nous marchions côte à côte ;

Lui fumait ; moi, saisi d'un doux ravissement,
J'admirais sous mes pieds un ensemble charmant
De prés et de bois verts, de champs, de ruisseaux jaunes,
Mêlés de peupliers sveltes, de larges aunes,
De toits rouges et noirs, de grisâtres clochers ;
Puis, de l'autre côté, j'admirais des rochers,
Hauts, couverts de pins vieux et dont la chevelure
Jetait sur un ciel bleu sa noire dentelure.
A droite, j'aperçois trois débris ; de leur nom
Je m'enquiers aussitôt près de mon compagnon ;
« Ce que vous voyez là, me dit-il, ces ruines,
Ces vieux murs, ces amas de ronces et d'épines,
D'un baron d'autrefois étaient les trois châteaux. »
J'interroge, et voyant des liqueurs, des gâteaux,
Qu'étalait un marchand, de sa table frugale,
Avec le conducteur, j'approche, et je régale
Ce brave Alsacien, qui me conte en retour
L'histoire que je vais vous conter à mon tour.

I.

En l'un de ces castels aujourd'hui solitaires,
Ruinés et couverts de tristes arbrisseaux,
Habitait le seigneur d'Hobard et autres terres,
Riche et puissant baron, aux traits rudes, austères,
Qui n'avait point, dit-on, le cœur de ses vassaux.

Il visitait souvent, dans le prochain village,
Où de peur devant lui tout semblait s'animer,
La veuve d'un soldat qui, pauvre, en vasselage,
Vivait, près de sa fille et fraîche et blonde, à l'âge
Où le cœur bat et s'ouvre au doux instinct d'aimer.

Cette fille des champs, que l'on nommait Iselle,
Comme sa mère, était sensible à tant d'honneur,
Mais plus encor plaisaient à notre jouvencelle,
Les yeux bleus, aux cils noirs, à la vive étincelle,
D'un page qu'amenait avec lui le seigneur.

II.

Un soir, devant le feu, près d'une lampe antique,
La veuve d'un fuseau tirait des fils de lin ;
Et sa fille lisait, dans un missel gothique,
Quelque prière ; on frappe à la porte rustique !
Qui?... Le page d'Hobard, avec son chapelain.

Et sous la cheminée à gueule colossale,
On se range, et le prêtre, assis au milieu d'eux,
Parle bas à la veuve ; ils sortent de la salle,
Et le page aux yeux bleus et la jeune vassale
Pour la première fois se trouvent seuls tous deux.

Quel fut leur entretien ? Vous devinez, j'espère ;
Car tout ce que je sais, c'est qu'Iselle échangea
Contre l'anneau du page un anneau de son père,
Que lorsqu'au bout d'une heure et le prêtre et sa mère
Rentrèrent, les enfans dirent bien bas : Déjà !

III.

Quoi qu'il en soit, Iselle, et moins fraîche et l'air sombre,
Épousa le baron huit ou dix jours après ;
Et splendides festins, plaisirs, fêtes sans nombre,
Soins tendres, assidus, rien ne dissipa l'ombre
Dont le chagrin sans doute avait empreint ses traits.

D'abord de la douleur que son aspect dénonce
L'époux d'Iselle croit deviner les raisons ;
Puis sa prompte rougeur chaque fois qu'on prononce
Le nom du jeune page, absent depuis l'annonce
Des accords, du baron confirment les soupçons ;

Et contre elle il déploie une rage farouche ;
Il lui donne les murs du château pour prison,
Elle n'entend jamais que mots durs de sa bouche,
Il la veille en sa chambre et jusque sur sa couche,
Et par jour lui permet à peine une oraison !

IV.

Sans qu'un éclair de joie y marquât son passage,
Iselle de ses nœuds subissait le tourment
Depuis quinze longs mois, quand, avec un visage
Et grave et solennel, plus sombre que d'usage,
Son noble époux parut dans son appartement.

« Madame, lui dit-il, notre mère l'Église
Nous appelle aujourd'hui contre les Sarrazins [27] ;
Honte à qui méconnaît, malheur à qui méprise
La parole d'en-haut qui prêche l'entreprise !
Je pars, accompagné des seigneurs mes voisins.

Après avoir puni ce peuple qui s'obstine
A garder un tombeau que son culte salit,
J'espère revenir un jour de Palestine ;
Mais si c'est à la mort que le ciel me destine,
Qu'aucun homme jamais ne succède à mon lit ! »

Et, d'une main de fer qui l'étreint et la presse,
Devant un prié-dieu d'un bois jaune et veineux,
La traînant : « A genoux, et sur la sainte messe,
Si le soleil vous plaît, faites-moi la promesse,
Si je meurs, de ne point former de nouveaux nœuds. »

Et tombant à genoux, presque froide et tremblante,
La femme du baron lève son bras meurtri
Sur le livre qu'il ouvre, et pâle et défaillante,
Et les yeux sans regard, d'une voix faible et lente,
Prononce le serment qu'exige son mari.

V.

Trois ans passent, et rien n'arrive qui révèle
Le destin du baron !... Mais soudain reparu
Au pays, un valet apporte la nouvelle
De sa mort, avec legs de ses biens pour Iselle,
Et le page bientôt auprès d'elle accouru :

« Te voilà veuve, enfin ! par un nœud légitime,
Unissons-nous, mon ange ! » Et la baronne dit
Le serment inhumain dont elle est la victime,
Qu'elle ne croit pouvoir violer sans un crime,
Et le page aux yeux bleus écumant, interdit :

« Eh quoi ! par un serment de tyrannie infâme,
Je perdrais mon bonheur ! tout ce que j'ai rêvé,
Les soupirs, les baisers, les extases de flamme,
Tes jours avec mes jours, ton ame avec mon ame,
Tout, mon Iselle, tout me serait enlevé !

Oh ! non ! non ! ton amour est le feu qui m'avive !
Mon existence est toi, toi ! tu m'épouseras,
Sinon, tu vois ce fer ; ma tête est chaude et vive !
Je me poignarderai ! Si tu veux que je vive,
Marions-nous, Iselle ! — Eh bien ! quand tu voudras. »

VI.

Bientôt le mariage a lieu ; luxe, abondance,
Joyeuseté, tout règne au banquet du retour ;
La nuit arrive et fuit, et la folâtre danse
Aux sons des instrumens se marie, et cadence
Les serremens de mains et les regards d'amour.

Et sous un dais le page, auprès de sa conquête,
D'elle, de ses regards s'enivre, quand paraît
Un moine, noir fantôme, au milieu de la fête,
Qui vers les deux époux marche et leur fait requête,
Avec une humble voix, d'un entretien secret.

Et le page poussant le moine : « Est-ce ta place
Ici ? Va reposer, nous t'entendrons demain.

ISELLE.

Pourquoi pas aujourd'hui ? Faisons-lui cette grâce.

6*

LE PAGE.

Tu le veux ! »

Et tous trois vont sur une terrasse,
Dont le moine du doigt leur montre le chemin.

LE PAGE.

Vous avez mal choisi votre moment, mon père.

LE MOINE.

Mon enfant, je le sais, le lit de noce attend ;
Il pèse à vos désirs le retard que j'opère ;
Mais vous m'excuserez, beau page, je l'espère,
Quand vous m'aurez ouï.

LE PAGE.

Parle donc à l'instant.

LE MOINE.

J'étais près du baron quand la mort vint le prendre.
« Écoute, me dit-il, j'ai sur l'ame un serment,
Qu'en partant jexigeai d'Iselle ; cours lui rendre
Sa parole, elle est libre ! » Hein, vous pouvais-je apprendre
Cette bonne nouvelle en un meilleur moment ?

Et joyeuse, posant ses deux genoux en terre,
Iselle au page : « Ami, rendons grâce au Seigneur
Qui joint deux cœurs aimans par un divin mystère,
Qui, les revêtissant d'un sacré caractère,
Veut que rien aujourd'hui ne manque à leur bonheur !

— Il n'y manquera rien, » dit l'autre, qui dépouille
Son capuchon, et montre au couple épouvanté
Hobard , avec un front que la poussière souille,
Qui sur eux arrêtant un œil que le sang mouille :
« Vous allez être unis et pour l'éternité ! »

Et sur les deux amans il fond, il les terrasse,
Et les lance aussitôt, de ses bras vigoureux,
Au milieu du fossé qui borde la terrasse ;
Et l'onde au noir limon s'entr'ouvre, les embrasse,
Et pour se rendormir se referme sur eux.

VII.

L'aube a chassé la nuit. Mais quel bruit ! quel tapage !
C'est le sire d'Hobard, qui revient des Saints-Lieux,
Au son du cor, en riche et nombreux équipage ;
On lui conte la mort de sa femme et du page,
Et d'un rire de diable il rit et dit : « Tant mieux !

Qu'on ne m'en parle plus, c'est assez. » Le temps passe,
Et le baron n'est plus comme avant son départ ;
Le sommeil, l'appétit l'abandonnent ; la chasse,
Son plaisir favori, le dégoûte et le lasse ;
Il semble ne pouvoir respirer nulle part.

L'ennui, qui sur son front largement se dessine,
Lui fait prendre en horreur son superbe château,
Il en fait bâtir un sur la hauteur voisine,
Où l'ennui lentement encore l'assassine ;
Puis un autre plus tard sur un autre coteau.

Et, n'y pouvant trouver encor ce qu'il réclame,
Il en eût fait bâtir un autre, si quatre ans
Tout juste après la mort du page et de sa femme,
Le jour de la Saint-Jean, il n'eût pas rendu l'ame,
En mêlant le blasphême à des cris déchirans.

On dit que chaque fois qu'en son tour l'an ramène
Ce jour, sur la terrasse, avec des vêtemens
Noirs, traînans, apparaît comme une forme humaine,
Qui, le long du fossé, quelque temps se promène,
Et se jette dans l'eau, tombe des deux amans !

A M. le vicomte d'Arlincourt.

———◦◇◦———

LE

SOUTERRAIN DE NAUFFLE.

LÉGENDE NEUVIÈME.

LE
SOUTERRAIN DE NAUFFLE.

1540.

Nauffle [28], ton château fort, célèbre en notre histoire,
N'est plus aux jours présens qu'un amas de débris,
Où l'orvet au lézard dispute la victoire,
Où suspendue en bloc dort la chauve-souris.

Mais on y voit encore un souterrain immense,
 Qui se dirige vers Gisors,
 Où sa route obscure commence,
Et qui, dit-on, jadis renfermait des trésors.

 Au milieu d'un noir labyrinthe,
Là parmi des tas d'or, des diamans nombreux,
Se trouvaient, en un temple au style de Corinthe,
L'anneau de Salomon, le veau d'or des Hébreux.

Mais de ce lieu fameux dans toute la contrée
L'accès était fermé par des grilles de fer ;
 Et les puissances de l'enfer
 En défendaient aussi l'entrée !

Dès qu'on en approchait, des feux, des aboîmens
 S'échappaient de ses voûtes sombres ;
 La terre avait des tremblemens ;
 Et l'on voyait passer des ombres !

Mais lorsque tous les ans, le prêtre commençait,
Aux messes de minuit, la généalogie,
La porte à l'instant même, et comme avec magie,
S'ouvrait pour se fermer lorsque le chant cessait.

Tout juste aussi le temps de la lecture sainte,
        Frappé d'un charme souverain,
        L'enfer ne gardait plus l'enceinte
        Du mystérieux souterrain !

    C'était, d'après le récit populaire,
        Au temps du roi François premier ;
Michel beau villageois aimait la belle Claire,
        Fille d'Arnold, riche fermier.

Claire brune, à la lèvre et fraîche et purpurine,
Au teint rose, aux yeux bleus, comptait quinze printemps ;
Et Michel, blond de lin, sentait dans sa poitrine,
        Bondir un cœur de dix-huit ans.

Il demande la main de l'enfant ; mais le père,
Parce qu'il est sans bien, la refuse à ses vœux ;
    Et l'amant, qui se désespère,
    Pleure et s'arrache les cheveux !

Pour secouer le poids du chagrin qui l'enchaîne,
Il songe à se frapper du fer de son couteau,
    A s'élancer dans la marre prochaine,
    A se jeter dans le puits du château.

Mais tout-à-coup son regard étincèle !
« Si j'essayais, dit-il, de puiser au trésor,
    Que le vieux souterrain recèle !...
    Si je revenais chargé d'or !...

Oh ! comme alors j'aurais l'ame contente !...
La fête de Noël est tout près de venir !...
    Par ce moyen je pourrai t'obtenir,
    Ma bien-aimée ! il faut que je le tente. »

La messe de minuit arrive ; au souterrain
Michel, qui d'espérance et de terreur palpite,
Accourt ; il voit s'ouvrir les deux battans d'airain,
    Entre et vers l'or se précipite.

Mais lorsque le soleil dora le vieux château,
    On trouva Claire inanimée,
    Pressant la grille refermée
    De doigts mordans comme un étau.

A M. le comte Anatole de Montesquiou.

———

NINON DE L'ENCLOS.

✻

LÉGENDE DIXIÈME.

✻

7

NINON DE L'ENCLOS.

1632.

Ninon, au printemps de l'âge,
Dans son miroir un matin,
Regardait, rare assemblage.
Sa blanche peau de satin,
Ses sourcils fuyant en ailes,
Ses traits fins et réguliers,

7'

Ses grands yeux noirs à prunelles,
D'amour éclatans foyers,
Sa bouche petite et fraîche
Comme l'orange en bouton,
Sa joue au rose de pêche,
Sa fossette de menton,
Et sa chevelure blonde
Qui, dans ses vagues détours,
D'une épaule blanche et ronde
Caressait les frais contours.

En face de tant de charmes,
Ninon se mirait pourtant,
Avec tristesse, avec larmes,
Lorsque soudain elle entend :
« Quand nous avons une image
Que rien ne peut surpasser,
N'est-ce pas qu'il est dommage
De vieillir, de se passer? »
Ninon se tourne et près d'elle
Voit un nain noir arrêté !

« Donne-moi, dit-il, ma belle,
Ton ame par un traité ;
Donne, et ce qui te décore
Jamais tu ne le perdras !
A quatre-vingts ans encore
Ravissante, tu plairas ! »
Et tandis qu'elle l'écoute,
Il déroule un parchemin ;
Puis la piquant, d'une goutte
Du sang de sa blanche main
Il trempe une plume noire,
La lui présente, et Ninon
Sur la feuille obligatoire,
En riant, jette son nom !

Chacun sait qu'octogénaire,
Mêlant encore au désir
Un charme extraordinaire,
Ninon vivait du plaisir ;

Mais, au pacte en tout fidèle,
Lorsque ses derniers instans
Vinrent, le nain auprès d'elle
Parut et dit : « Je t'attends [29]. »

A Madame la comtesse de Bradi.

BLANCHE DE MÉRIGNY.

LÉGENDE ONZIÈME.

BLANCHE DE MÉRIGNY.

1674.

I.

C'était dans un château du midi de la France,
Sur ces bords embaumés, où la folle Durance
Roule en son lit changeant de cailloux bigarré,
Un soir ; dans un salon richement décoré,
Causaient deux dames, l'une un peu mûre, encor fraîche,
L'autre jeune, aux yeux bleus, rose comme la pêche.

Avec un petit chien l'une gaîment jouait;
L'autre, triste, tournait l'ébène d'un rouet.

LA PREMIÈRE DAME.

Ma fille, vous avez un air tout-à-fait sombre !
Allons, de votre front dissipez un peu l'ombre.

Au petit chien.

Debout, monsieur Bibi.... que vous êtes gentil !
Blanche, qu'avez-vous donc?

BLANCHE.

Pourquoi mon frère a-t-il

Fait prendre à Saint-André le métier de la guerre,
A lui qui, vous savez, ne s'en souciait guère?
J'aurais bien épousé le comte sans cela.

LA MÈRE.

Au petit chien.   A Blanche.

Monsieur Bibi, dansez! Que dites-vous donc là?
Le colonel a fait son devoir; une fille
Du nom de Mérigny, d'une ancienne famille,
Où tout le monde sert, depuis Clovis, je croi,
Ne peut prendre un mari qu'au service du Roi !

Saint-André maintenant n'a qu'une compagnie ;

Mais aussi, mon enfant, la campagne finie,

Il ne tardera pas à se mettre en chemin,

Pour venir à tes pieds t'offrir avec sa main,

La croix de Saint-Louis et la grosse épaulette.

Au petit chien.

Parfait, monsieur Bibi ! Vous aurez la gimblette.

A Blanche.

Ton frère, au premier feu, le fera parvenir.

BLANCHE.

Et s'il était parti pour ne pas revenir !

Soudain la porte s'ouvre ; un beau jeune homme pâle,

A cils et sourcils noirs, à prunelle d'opale,

Entre, embrasse et s'assied.

BLANCHE.

Saint-André !

MADAME DE MÉRIGNY.

Saint-André !

BLANCHE à part.

Il a l'air tout chagrin, le pas mal assuré !

SAINT-ANDRÉ.

J'arrive de Sénef.... l'horrible boucherie [30]!

MADAME DE MÉRIGNY.

Et mon fils?

SAINT-ANDRÉ.

Il va bien, très-bien ; mais, je vous prie,
Ne parlons pas de lui, je lui dois mon trépas.

MADAME DE MÉRIGNY.

Pourquoi désespérer? Non, vous ne mourrez pas ;
Et le temps et les soins vous guériront.

SAINT-ANDRÉ.

J'en doute.

BLANCHE à part.

Ah ! Dieu ! s'il arrivait le malheur qu'il redoute !

Et tout-à-coup, portant habit vert à galon
Rouge et blanc, un laquais entre dans le salon.

LE LAQUAIS.

Une lettre pour vous, madame la marquise.

MADAME DE MÉRIGNY.

Comte, c'est de mon fils ; permettez que je lise.

SAINT-ANDRÉ.

Comment?... Je vous supplie.

Et la marquise lit,
Tandis que Saint-André de plus en plus pâlit.

MADAME DE MÉRIGNY.

Comte, mon fils m'écrit que le prince d'Orange
Nous a tué du monde.

SAINT-ANDRÉ.

Oui.

MADAME DE MÉRIGNY.

Mon Dieu! chose étrange!
Il dit qu'il vous a vu de blessures couvert....

SAINT-ANDRÉ.

Il est vrai....

MADAME DE MÉRIGNY.

Le côté d'un coup de sabre ouvert,
Mourir entre ses bras....

SAINT-ANDRÉ.

Il a dû vous l'écrire.

MADAME DE MÉRIGNY.

Qu'il rira d'une erreur !....

SAINT-ANDRÉ.

Oui, je le ferai rire.

MADAME DE MÉRIGNY.

Il dit que votre corps n'a point été trouvé !
Ce n'est pas surprenant.... le mort s'est relevé.

SAINT-ANDRÉ.

La vérité, Madame, est là, là tout entière !
Mais, s'il vous plaît, assez touchant cette matière.

Aussitôt l'on parla de Sénef, de Condé,
Entretien par un cœur d'amante fécondé,
Si merveilleusement, qu'à la pendule une heure
Sonnait, quand Saint-André partit pour sa demeure.
Et depuis il revint au château, chaque jour,
Nourrir l'ame de Blanche et d'espoir et d'amour.

II.

Un jour qu'ils étaient seuls, un jour que la marquise,
Pour le cent de piquet par le curé requise,
Ne suivait point leurs pas, les amans, vers le soir,
Dans un bosquet du parc étaient venus s'asseoir.
Est-il rien, dites-moi, de plus doux sur la terre,
Que d'être deux assis dans un lieu solitaire,
Quand l'ombre de la nuit commence à s'alonger ;
Quand jaillit d'un ciel bleu l'étoile du berger ;
Lorsque le sphinx bruyant butine sur la haie ;
Que le ramier, caché dans la haute futaie,
Cadence ses soupirs gorgés de volupté ;
Lorsque fraîche, au sortir d'un jour brûlant d'été,
La brise en nos cheveux se joue et nous caresse ;
Lorsqu'une main répond à la main qui la presse,
Et que de doux propos de la bouche et des yeux
Se croisent, l'un de l'autre écho mélodieux ?
Est-il rien, dites-moi, de plus doux sur la terre ?
Et Blanche et Saint-André nageaient dans ce mystère,

Dans ce flux de bonheur!... Il faisait déjà noir,
Quand le couple reprit le chemin du manoir,
Et que la jeune fille, aux pas lents et timides,
N'osant sur Saint-André lever ses yeux humides,
Et son visage blanc de pourpre revêtu,
Lui disait : « Mon ami, quand m'épouseras-tu,
Dis-moi? Quoi! maintenant mon adoré balance!
Tu ne me réponds pas! Pourquoi ce froid silence?
Ah! mon ange, ma vie, ah! n'est-ce pas, bientôt.
— Jamais. » Et Saint-André disparut aussitôt.

La chance au desservant ce soir-là fut contraire.

Blanche le lendemain écrivit à son frère.

III.

Trois semaines après, deux hommes à manteau
Arrivent à cheval près du petit château,
Séjour de Saint-André, descendent à la grille;
Il est nuit; mais aidés par la lune qui brille,

Ils sautent le fossé que trahit son reflet ;

S'élancent dans la cour ; à coups de pistolet,

Renversent deux mâtins énormes, prêts à fondre

Sur eux, qu'avec des gueux des chiens pouvaient confondre ;

Montent le grand perron, frappent, et Saint-André,

En habit d'uniforme, élégamment paré,

Ouvre, une torche en main, et sans cérémonie :

« Je suis aise, Messieurs, de votre compagnie ;

Entrez. » Et devant eux il marche, les conduit

Par un long corridor, puis il les introduit

Dans un appartement vaste, sans ouverture,

Sans meubles, décoré d'une noire tenture,

Où des têtes de mort se dessinent en blanc,

Et déposant sa torche au feu pâle et tremblant,

Sous l'un des vingt flambeaux dont la salle s'éclaire,

A l'un des arrivans froid d'abord, puis colère :

« Marquis, je t'attendais ; je sais ce que tu veux,

Mais impossible à moi de me rendre à tes vœux.

— Je ne te comprends pas. C'est le fait d'un infâme,

De séduire une enfant, sans en faire sa femme !

Et tu ne peux pas être un infâme ! Demain,

Mon cher comte, à ma sœur tu donneras ta main !

8

— Impossible, te dis-je. — Eh bien, défends ta vie.

— Tu ne me tûras pas, non par manque d'envie,

Mais impossible encor.... — C'est ce que nous verrons.

— Tu ne me tûras pas. — En garde. »

                                      Et tous deux prompts

A jeter leurs habits, marchent, croisent l'épée.

La chemise du comte est jaunâtre et trempée

D'un sang noir ! le marquis bat le fer et part droit !

Et Saint-André riant, lui criant : Maladroit !

Pare en contre de tierce, et, d'un coup de seconde,

Porte à son adversaire une botte profonde,

S'élance, et l'étreignant sous une main de fer,

Crispant ses pâles traits d'un sourire d'enfer :

« C'est toi qui m'arrachas à ma gentilhommière ;

Toi qui m'as au combat fait perdre la lumière ;

Et sans me confesser, Mérigny, je suis mort !

A ton tour aujourd'hui ! tu vas subir mon sort !

Oui, l'enfer pour ton ame, et pour ton corps la tombe,

Marquis ! » Et Saint-André comme une masse tombe,

Le visage aussi noir que l'aile d'un corbeau,

Jetant l'odeur d'un corps demeuré sans tombeau !

Et Mérigny, qui meurt, demande en vain un prêtre ;

Cependant que sa sœur, au lit, voit apparaître,

De deux longs bras sans chair écartant les rideaux,

Un homme creux, tissu d'une charpente d'os,

Qui jette un cliquetis lugubre comme un râle,

Et lui dit, d'une voix et lente et sépulcrale :

« Blanche de Mérigny, je viens pour t'épouser ! »

Et comme pour ravir à sa bouche un baiser,

Il s'avance, il s'alonge ! et raide et violette,

Blanche de Mérigny met au monde un squelette [31] !

A mon ami le comte Alfred de Vigny.

LA

CROIX DE LATINGY.

✳

LÉGENDE DOUZIÈME.

✳

LA

CROIX DE LATINGY.

1680.

Aux rives de la Loire, en un large plateau,
Latingy montre aux yeux son bizarre château [32],
Ses sapins qui de loin semblent des toits d'église,
Son puits, son carrefour à croix de pierre grise.

I.

C'était non loin de là qu'un jour de Saint-Martin,
Jean le fermier donnait un repas ; le matin,
Il avait fiancé sa fille Rose à Pierre,
Jeune et riche meunier du canton de Dampierre.

Tandis que le fromage à l'attrayant fumet
Réveillait de son sel l'appétit qui dormait ;
Tandis que, de vapeurs et piquantes et vives,
Un vin blanc échauffait la tête des convives,
Et que la table était un turbulent foyer
De mots, de couplets gais ; le buffet de noyer
Craque ! Plus de propos, plus de chants, plus de joie !
Une morne pâleur sur les fronts se déploie !

LE BEDEAU.

Un de nous, c'est certain, mourra dans peu de temps.

PIERRE.

Erreur ! vieux préjugé ! nous sommes bien portans !
Buvons !

JEAN.

Ne raille pas : souvent le ciel envoie
Ses avertissemens par cette étrange voie !

PIERRE.

D'accord. Le voulez-vous, beau-père? Aussi je crois
Qu'aujourd'hui, tous les ans, autour de votre croix,
Gambadent à minuit des vieilles séculaires....

JEAN.

Qui lorsqu'on va les voir tourbillonner, colères,
Traînent les indiscrets on ignore par où.

LE BEDEAU.

Pour moi, je n'irais pas pour tout l'or du Pérou !

PIERRE.

Moi, j'irais bien à moins.

JEAN.

Mon fils, que veux-tu faire?
Tu veux donc t'attirer une méchante affaire?

LE BEDEAU.

Le diable les soutient, te crois-tu plus malin?

PIERRE.

Contre tes vingt arpens je gage mon moulin,
Que demain sain et sauf...

LE BEDEAU.

J'accepte la gageure.

JEAN.

Ne va pas t'exposer.

ROSE.

Reste, je t'en conjure!

PIERRE.

Quoi! je reculerais! qui? moi! que dira-t-on?
Rose, je deviendrais la fable du canton!
Adieu, je gagnerai les vingt arpens de terre.

Et malgré les sanglots de Rose qu'il attère,
Pierre prend un bâton et se met en chemin;
Puis un valet de ferme, un fusil à la main,
A son insu, déjà sous une noire idée,
Le suit, par ordre exprès de la jeune accordée.

II.

Bientôt au carrefour Pierre arrive ; en chantant,
Aux marches de la croix, il s'assied ; il attend!....
L'horloge du château frappe minuit : personne
Ne paraît ! point de bruit ! Mais le dernier coup sonne,
Et, spectacle inouï dont le valet de loin,
Pâle d'effroi, demeure immobile témoin !
Hiboux, chauves-souris, sous le fouet de leurs ailes,
Font crier l'air brillant d'éclairs et d'étincelles !
Environnant la croix, jetant un éclat bleu,
Sur le gazon se forme un grand cercle de feu,
Où sur des chats, des chiens, des balais et des chèvres,
Poussant des cris aigus, l'écume sur les lèvres,
Viennent de toutes parts, promptes comme le vent,
Des femmes en haillons, en guimpes de couvent,
Qui, se rangeant en rond, placent au milieu d'elles
Des têtes de squelette où brûlent des chandelles,
Des branches de verveine, un énorme chaudron,
Leur monture sans bride ; et sous le chaperon

Des abbés suzerains, noble et sainte parure,
Le corps enveloppé d'une blanche fourrure,
Un animal traînant une queue à long crin,
Se pose sur la croix avec un tambourin,
Et rit ! Une sorcière agaçante et jolie
Crie au meunier : « Allons, ami de la folie,
Viens danser avec nous. — Madame, avec plaisir, »
Dit Pierre. Puis joyeux et brûlant de désir,
Il court à ses côtés, la regarde, la touche,
La saisit et lui donne un baiser sur la bouche !
Mais le ménétrier frappe son instrument ;
Chaque femme aussitôt jette son vêtement ;
Les mains avec les mains s'enlacent, et la danse
Mêle au chant du sabbat sa grotesque cadence :

     Élèves de Lucifer,
     On nous traite en race immonde !
     Vengeons-nous, montrons au monde
     Qu'il faut respecter l'enfer !
       Satan nous invite
       A des bonds joyeux !

    Tournons à ses yeux,

    Tournons, tournons vite !

Et le chœur fendant l'air répète le refrain,

Vomit une souris au pelage écarlate,

Jette un denier d'argent dans le chaudron d'airain,

Et du ménétrier l'étrange rire éclate !

    Sœurs, à l'ouvrage, dans l'eau

    De la rivière prochaine

    Plongeons nos coursiers de chêne,

    A crinière de bouleau [33] !

      Satan nous invite

      A des bonds joyeux !

      Tournons à ses yeux,

      Tournons, tournons vite !

Et le chœur fendant l'air répète le refrain,

Vomit une souris au pelage écarlate,

Jette un denier d'argent dans le chaudron d'airain,

Et du ménétrier l'étrange rire éclate !

Cherchons pour l'œuvre sans nom
Vipères à langue aiguë,
Noirs crapauds, verte ciguë,
Dents de loup, sang de guenon [34] !
   Satan nous invite
   A des bonds joyeux !
   Tournons à ses yeux,
   Tournons, tournons vite !

Et le chœur fendant l'air répète le refrain,
Vomit une souris au pelage écarlate,
Jette un denier d'argent dans le chaudron d'airain,
Et du ménétrier l'étrange rire éclate !

Que le bois d'alun mêlé
Exhale sa flamme bleue [35] !
Ou mulots, ou rats sans queue,
Ravageons les tas de blé [36] !
   Satan nous invite
   A des bonds joyeux !

Tournons à ses yeux,

Tournons, tournons vite !

Et le chœur fendant l'air répète le refrain,

Vomit une souris au pelage écarlate,

Jette un denier d'argent dans le chaudron d'airain,

Et du ménétrier l'étrange rire éclate !

Sous l'oreiller des méchans

Cachons des yeux d'hirondelles [37] !

Que nos insectes fidèles

Inondent et prés et champs [38] !

Satan nous invite

A des bonds joyeux !

Tournons à ses yeux,

Tournons, tournons vite !

Et le chœur fendant l'air répète le refrain,

Vomit une souris au pelage écarlate,

Jette un denier d'argent dans le chaudron d'airain,

Et du ménétrier l'étrange rire éclate !

Enlevons le mort récent

Aux fourches patibulaires [39] ;

Et des gazons tumulaires

Arrachons la fleur de sang [40] !

   Satan nous invite

   A des bonds joyeux !

   Tournons à ses yeux,

   Tournons, tournons vite !

Et le chœur fendant l'air répète le refrain,

Vomit une souris au pelage écarlate,

Jette un denier d'argent dans le chaudron d'airain,

Et du ménétrier l'étrange rire éclate !

Nouons, livrons au couteau

La cire mise en image [41] !

Sœurs, partout, guerre, dommage

Au monastère, au château !

   Satan nous invite

   A des bonds joyeux,

Tournons à ses yeux,
Tournons, tournons vite !

Et le chœur fendant l'air répète le refrain,
Vomit une souris au pelage écarlate,
Jette un denier d'argent dans le chaudron d'airain,
Et du ménétrier l'étrange rire éclate !

Mais au treizième tour la ronde à peine atteint,
Éclairs, cercles de feu, lanternes, tout s'éteint ;
Et, dans l'air s'enfuyant, la troupe entraîne Pierre
Qui de ses bras en vain serre la croix de pierre !
Dans la cour du château l'essaim s'abat, et puis
Femmes, démon, meunier tout descend dans le puits !

Le lendemain, au bruit du nocturne mystère,
Près de la croix la foule accourt, et sur la terre
Trouve un cercle à l'entour par la flamme tracé ;
Et Rose n'a jamais revu son fiancé !

A mon ami Alphonse Royer.

LE BAL CHAMPÊTRE.

LÉGENDE TREIZIÈME.

LE BAL CHAMPÊTRE.

1692.

C'était après la grande messe :
Le jeune peuple de Wavrin [42]
Dansait, chantait, à la kermesse,
Avec viole et tambourin ;

Tandis que plus loin, sous les tentes,
Au milieu des verres, des pots,
Pères, mères, oncles et tantes
Mêlaient la bière aux gais propos.

Mais, sous une étoffe soyeuse,
Portant l'hostie où vit un Dieu,
Non loin de la troupe joyeuse,
Chemine le curé du lieu.

Quelques gars, quelques jeunes filles,
Devant le Seigneur mort pour nous,
Désertent rondes et quadrilles,
Et puis se mettent à genoux.

Quelques autres sans prendre garde
Au Dieu qui passe ; sans penser
Que ce Dieu puissant les regarde,
En dansant le laissent passer !

Mais sous leurs pieds la terre tremble,
Elle s'entr'ouvre ; tous les corps
Aussitôt s'y plongent ensemble ;
Les têtes restent en dehors !

Et ces têtes encor vivantes,
Dont se hérissent les cheveux,
Jettent dans l'air toutes mouvantes
Des cris, des larmes et des vœux !

Et la foule accourt, et se presse
Pour dégager les malheureux ;
Mais, hélas ! la force et l'adresse
Vainement s'épuisent pour eux !

Puis, lorsque le curé repasse
Devant ces fronts tout violets,
Ce cri s'élance dans l'espace :
« Délivrez-nous, délivrez-les ! »

« Je vous absous, répond le prêtre,
Et ne péchez plus désormais. »
Et les têtes de disparaître,
De disparaître pour jamais !

Puis là, se bâtit, dit l'histoire,
Pour apaiser le dieu jaloux,
Une chapelle expiatoire
Dont on a vendu les cailloux.

𝕬 mon ami 𝕻aul 𝕮acroix.

LA PRÉDICTION.

LÉGENDE QUATORZIÈME.

LA PRÉDICTION.

1724.

Non loin de Ville-Évrart, où m'accueillit naguère
Un vieux chef, dont le cœur bat encor pour la guerre,
Dans un étroit sentier, au milieu des roseaux,
Rêveur, je remontais la Marne aux blondes eaux ;
Tout-à-coup je sens fuir ma douce rêverie ;
Près de moi, des moutons broutent dans la prairie ;

Le chien aux grands poils noirs agite, en tournoyant,
Et sa queue alongée et son grelot bruyant;
Plus loin, sous un sarreau d'une toile grossière,
Avec un havre-sac pendant en carnassière,
Je vois un vieux berger qui, d'une agile main,
Tricotte un bas de laine, assis près du chemin.
J'approche, il me salue; et, feignant la fatigue,
En saluant aussi, sur l'herbe de la digue
Je m'assieds; l'entretien se lie en peu d'instans;
Après avoir causé de pluie et de beau temps,
De Chelle aux saints débris, je lui conte une histoire
Pleine de merveilleux, que j'avais l'air de croire;
Il m'écoute muet; des pleurs mouillent ses yeux;
Puis, sans laisser oisifs ses doigts industrieux,
A son tour, convaincu que je ne vais pas rire,
Il me fait un récit que j'essayai d'écrire,
En un style sans fard, hélas! trop étranger
Au langage naïf et touchant du berger.

I.

C'était le six janvier de dix-sept cent vingt-quatre ;
Il faisait nuit et froid ; un grand vent venait battre
Le toit d'une chaumière, où quelques villageois,
A table, avec bon feu fêtaient le jour des Rois,
Cependant qu'au sommet des collines gelées,
La fougère et le bois brûlaient en bourgolées [44].

La soupe où l'on mêla le lard aux choux ; le veau
Cuit dans son jus, paré du nom de godiveau ;
A la broche enlevé le mouton en éclanche ;
La galette de beurre et de farine blanche ;
L'odorant cotignac ; le raisiné sucré
Composaient un repas par le temps consacré.

Au milieu du festin soudain l'hôte se lève,
Prend en main la galette où se cache la fève,

Se signe, puis y porte un rapide couteau ;
Et quelques voix : « A qui de tirer le gâteau ?
Au plus jeune !... Voyons ! à ma fille, s'écrie
Le maître du logis, à ma gente Marie.

Rien n'était en effet plus beau que cette enfant ;
Aussi dans un orgueil que le seigneur défend,
Que de fois, lui prêtant quelque chance opportune,
Son père s'était dit : Elle fera fortune !
Et plus d'une commère en la voyant : Ma foi,
C'est la perle du lieu ! c'est un morceau de roi !

Elle alonge la main sous une blanche nappe,
Tire et porte les parts à la ronde ; qui frappe,
Tandis qu'à flots versé le vin de Montfermeil
Donne à plus d'un convive au visage vermeil,
Des rires, des bons mots, où la champêtre joie,
En ses grossiers élans éclate et se déploie,
Bruyante ; que chacun des doigts et du regard
Cherche, sans la trouver, la fève dans sa part,

Et que la part de Dieu, selon l'usage antique,
Est placée avec soin dans l'armoire rustique ?

On ouvre ! sur le seuil s'arrête un mendiant,
Vieux, à peine vêtu, qui, d'un ton suppliant :
« Donnez-moi près de l'âtre une petite place ;
Maître, la nuit est noire et le vent est de glace ;
A chaque pas, mes pieds glissent sur le verglas ;
Ayez pitié de moi ; j'ai faim et je suis las. »
L'hôte le fait asseoir près de la cheminée ;
On lui donne la part au pauvre destinée,
Il y trouve la fève, et, joyeux et riant,
Il boit à la santé des convives criant :
Le roi boit ! Mais son verre est rempli par Marie,
Il le laisse tomber, puis il se signe et prie ;
Son visage s'empreint d'une morne pâleur ;
Il semble sous le poids d'une grande douleur !
« Qu'avez-vous? dit l'enfant. Ami, qui vous tourmente? »
Il se tait, la regarde, et sa pâleur augmente !
Il la regarde encore, et ses pleurs de couler ;
Il gémit, son corps tremble, et pressé de parler :

« La lumière du ciel en moi s'est répandue ;
Maître, pour votre enfant quel affreux avenir !
Je n'ose envisager le jour qui doit venir !
Elle sera noyée et brûlée et pendue ! »

Et l'hôte, en vain cherchant à cacher sa terreur,
Saisissant à deux mains sa chaise avec fureur :
Tu mens ! gare ! va-t-en au diable, faux prophète,
Poussé par Belzébuth à troubler notre fête ! »

Et chacun à l'envi poursuit le mendiant
Sous les fouets, les balais, et la neige fuyant ;
Et de loin une voix clairement entendue :
Elle sera noyée et brûlée et pendue !

II.

Deux mois ont fui ; Marie est seule à la maison ;
(Son père sème aux champs les grains de la saison) ;

Elle excite avec art le feu de la cuisine,

En y plaçant du bois et des fruits à résine ;

Sur le pavé terreux promène le balai ;

La quenouille à la main psalmodie un vieux lai ;

Puis, devant un miroir avec coquetterie :

« Excepté ce vieux fou, qui n'a pas dit : Marie

Est faite pour trouver et richesse et bonheur !

Si dans notre hameau venait un beau seigneur !...

Jadis mainte bergère a porté la couronne ;

Je puis bien devenir ou comtesse ou baronne,

Qui sait ? » Puis elle fait quelques rêves encor.

Mais le feu, négligé durant ses rêves d'or,

S'est tout-à-fait éteint ; la jeune ménagère

Saisit le couvet, sort, et, rapide et légère,

Elle va saute, court, bientôt elle a franchi

Un petit pont de bois par le givre blanchi ;

Et peu d'instans après, d'un pas agile et ferme,

La voilà qui revient de la prochaine ferme,

Portant, l'anse à la main, son vase empli de feu.

Elle passe en courant sur le pont ; au milieu,

Un des pieds de l'enfant glisse, et dans la rivière

Elle tombe aussitôt, la tête la première ;

Sa jupe de bélinge à deux longs clous saillans
S'accroche, puis s'allume à ses charbons brûlans.
Et bientôt d'un grand mont une voix descendue :
« Elle est morte noyée et brûlée et pendue ! »

A mon ami Gigoux.

LE CHATEAU

DE

LA ROCHE-GUILLEBAULT.

LÉGENDE QUINZIÈME.

10ᵛ

LE CHATEAU

DE

LA ROCHE-GUILLEBAULT.

1760.

Mes pas n'ont point foulé les plages de l'Arnon,
Mais jusqu'à mon oreille est venu leur renom :
On m'a beaucoup parlé des bois, des rocs sauvages,
Des peupliers géans qui parent ces rivages.
On m'a beaucoup parlé du torrent qui, d'abord
Roule tumultueux, rapide, à fleur de bord,

Blanchit sur des cailloux l'écume de ses ondes ;
Qui, plus loin, encaissé dans des rives profondes,
Coule, et dans ses détours lents et doux, à regret
Semble fuir son désert, ses rocs et sa forêt ;
On m'a beaucoup parlé d'une grisâtre roche,
Dont, sur tous les côtés, l'Arnon défend l'approche,
Qui va s'élargissant de le base au plateau,
Et montre les débris d'un antique château,
Où jadis résidait un seigneur que l'on nomme
Ebbes de Guillebault, excellent gentilhomme,
Qui par les passions, jeune, fut aveuglé,
Et mourut vieux, dévot, par le diable étranglé [45].
On m'a parlé, surtout, d'une scène récente.

C'était aux derniers mois de mil-sept-cent-soixante :
Deux jeunes officiers, par un temps froid et noir,
Demandent un asile au fermier du manoir ;
Qui leur fait bon accueil, et raconte à ses hôtes,
En leur versant d'un vin né des prochaines côtes,
Que du seigneur damné le triste et vieux séjour
Est par des revenans habité nuit et jour ;

Et les deux jeunes gens d'aventures avides
Vont au château, laissant quelques bouteilles vides,
Malgré le bon fermier qui leur crie : « Étourdis,
Vous vous repentirez, c'est moi qui vous le dis ! »

Ils entrent au salon tout lambrissé de chêne ;
Une lampe d'airain par une triple chaîne
Suspendue au plafond, un grand fauteuil à bras
A moitié dévoré par les vers et les rats,
Deux grands chenets de fer tout cavés par la rouille,
Un épais in-quarto que la poussière souille,
Une table sans pieds forment l'ameublement,
A peu de chose près, de cet appartement.
Ils allument du feu ; devant la cheminée
Traînent du vieux fauteuil la masse ruinée,
Où l'un des deux s'assied pour dormir, cependant
Que l'autre doit veiller une heure, en attendant
Son tour pour le sommeil ; celui-ci se promène,
Et les chauves-souris, qu'il trouble en leur domaine,
Se croisent sur sa tête ; et la neige et les vents
Fouettent sur les vitraux, sur des restes d'auvens

Et, gonflé par les eaux d'un orage d'automne,

L'Arnon, qui se soulève impétueux et tonne,

De ses flots bondissans ébranle le château !

Mais le jeune officier, prend le lourd in-quarto,

En écarte avec soin la poussière, l'apporte

Près du feu, le parcourt... Tout à coup une porte

S'ouvre, puis aussitôt, avec de beaux habits

Brodés d'or, une toque où luit un gros rubis,

S'avance un chevalier, qui, d'une voix affable :

« Les périls que l'on court ici sont une fable ;

Et, comme vous pouvez à l'instant le savoir,

Les hôtes du château se font un vrai devoir

D'accueillir dignement qui porte l'épaulette ;

Venez, vous allez voir une fête complette ! »

Et l'officier, suivant l'aimable chevalier

Qui le prend par la main, descend un escalier ;

Puis ils entrent tous deux dans une salle immense

Pleine de lustres d'or, où sur-le-champ commence

Un bal plus enivrant que tous ceux de Paris !

Au milieu de parfums et d'arbrisseaux fleuris

Qui jettent des vapeurs à la terre inconnues,

Tourbillonne un essaim de femmes demi-nues,

Qui toutes ont un charme, un ensemble divin,

Que le peintre essaîrait de reproduire en vain.

Et, quels sons d'instrumens ! oh ! nulle part l'oreille

Et le cœur n'ont ouï de musique pareille !

Mais le jeune homme, auprès d'une de ces beautés,

Sent tout son corps battu du feu des voluptés ;

Il l'invite à la valse, elle accepte, ils s'élancent ;

Tantôt des cercles doux les bercent, les balancent ;

Tantôt en tours légers, pressés et vagabonds,

Et leurs cœurs et leurs pas précipitent leurs bonds ;

Puis, la valse finie, il s'assied auprès d'elle,

Lui promet un amour et brûlant et fidèle.

Mais ne voilà-t-il pas que son introducteur

Le regarde et lui crie : « Assez, vil séducteur !

Meurs de ma main ! A moi ma femme, à toi la terre ! »

Et va pour le frapper d'un tranchant cimeterre,

Qu'il arrache des mains d'un nègre son valet !

Mais le jeune officier, qui porte un pistolet,

L'ajuste : le coup part et le chevalier tombe.

Puis le vainqueur joyeux criant : « A toi la tombe ! »

Se réveille soudain (car il avait dormi),

Et voit qu'il a brisé le front de son ami !

𝔄 𝔐𝔞𝔡𝔞𝔪𝔢 ℭ𝔬𝔫𝔰𝔱𝔞𝔫𝔠𝔢 𝔄𝔲𝔟𝔢𝔯𝔱.

LES

PETITS ORPHELINS.

LÉGENDE SEIZIÈME.

LES

PETITS ORPHELINS.

1763.

Déjà fuyaient les giboulées,
Les bourgeons verdissaient les bois ;
Mais, durant la nuit, les gelées
Gerçaient la terre encor parfois.

Au coin d'une roche isolée,
Deux enfans, frère et sœur, un soir,
L'une bien pâle, désolée,
L'autre calme, vinrent s'asseoir.

LE FRÈRE.

C'est qu'il est loin notre village !
Vois-tu l'église? Que j'ai faim !
Comme je suis las du voyage !
Petite sœur, du pain, du pain !

LA SOEUR.

Tiens, tiens, voilà, tu peux tout prendre,
Je n'ai pas encore faim, moi !
Jusqu'à demain je puis attendre,
Car j'ai quatre ans de plus que toi.

LE FRÈRE.

Mais, petite sœur, je t'en prie,
Apprends-moi pour quelle raison,
Quand dort notre maman chérie,
Nous courons loin de la maison ?

LA SOEUR.

C'est que notre mère si bonne
Dort pour ne point se réveiller,
Et que nous n'avons plus personne
Qui pour nous puisse travailler.

LE FRÈRE.

Pas se réveiller !

LA SOEUR.

Sous la terre,
Maman dormira désormais....
Tu sais..... dans l'enclos solitaire....

LE FRÈRE.

Ne la verrai-je plus jamais ?

LA SOEUR

Maman, aux lois de Dieu fidèle,
Aux chants des saints mêle ses chants ;
Et nous aurons place auprès d'elle,
Si nous ne sommes pas méchans.

LE FRÈRE.

Petite sœur , je serai sage ;
Tu verras, je te le promets....
Mes yeux déjà, comme d'usage,

Me piquent !... dis, si je dormais ?

Oui, comme à toi la nuit m'apporte
Du sommeil... Oui, jusqu'à demain
Reposons, puis de porte en porte
Nous irons tendre notre main.

Et, lorsque reparut l'aurore,
Les champs de givre étaient rayés :
Les orphelins dormaient encore.
Ils ne se sont pas éveillés !

A Madame Wyse,

NÉE PRINCESSE LETIZIA BONAPARTE.

SACRA.

LÉGENDE DIX-SEPTIÈME.

SACRA.

1768.

Lorsque le temps est clair, sur la mer de Provence,
On aperçoit de loin un cap bleu qui s'avance ;
Tout rayé de torrens, de grands monts couronné,
Ce pays, c'est la Corse où Bonaparte est né !

11*

I.

C'était là que jadis, sur un des monts sauvages,
Qui bordent le Liamone aux arides rivages,
Au milieu d'arbres verts, de nuages mouvans,
Près d'un vieux pin flétri, renversé par les vents,
Pieds nus, sous une robe et noire et déchirée,
Une femme encor belle, à tête d'inspirée,
Aux cheveux blancs et longs, s'agitait, en mêlant
Ces octaves au bruit du siroco brûlant :

Comme le jonc ployant battu par la tempête,
Noble pays, courbé par de pesans malheurs,
Aux clartés d'un ciel pur, tu relèves ta tête ;
Souris, terre de Cyrne [46], et pare-toi de fleurs !
Ils sont passés pour toi les temps de la souffrance !
Gêne a dit à tes bords un éternel adieu !
Un grand roi t'associe aux destins de la France ;
Et dans ton sein bientôt tu porteras un Dieu !

Et des pins noirs des monts aux arides rivages,

Parmi le bruit des vents, parmi des cris sauvages,
 Les échos répétaient : Un Dieu !

Et moi, fille des champs de l'antique Neustrie,
La main baignée au sang du traître que j'aimais,
J'ai quitté mon enfant, mon culte, ma patrie !
Je suis comme cet arbre abattu pour jamais !
Lorsque dans mon rocher humide et solitaire,
S'éteindra de mes jours le funèbre flambeau,
Nul ne viendra sur moi jeter un peu de terre,
Et les flancs des renards me seront un tombeau !

Et des pins noirs des monts aux arides rivages,
Parmi le bruit des vents, parmi des cris sauvages,
 Les échos répétaient : Tombeau !

Et l'enfer qui m'attend !... Oui, je serai damnée !
N'ai-je point fait jadis un pacte avec l'enfer,
Un pacte inviolable ? Ah ! pourquoi suis-je née,
Dis-moi ? suis-je une part de ta verge de fer,

Dieu cruel? C'est cela!.. mon ame te devine!..

Instrument de colère, instrument de douleur,

Eh bien! je poursuivrai ma mission divine!

Malheur à vous, vivans! malheur à vous! malheur!

Et des pins noirs des monts aux arides rivages,

Parmi le bruit des vents, parmi des cris sauvages,

  Les échos répétaient : Malheur !

Comme expirait ce chant de rage et de tristesse,

Une voix : « N'es-tu pas Sacra, la prophétesse,

Dont on vante partout les merveilleux secrets?

—C'est moi, que me veux-tu?—Bonheur!— Eh bien après?

— Je suis Laura-la-Belle, ainsi l'on m'a nommée.

Ai-je bien, selon toi, gagné ma renommée?

—Oui, ma fille!.. où trouver des yeux plus séduisans,

Des cheveux noirs plus beaux, des traits plus ravissans?

— Eh bien ! cette beauté dont tu parais surprise,

Que tout le monde cite, un amant la méprise !

Je n'ai pour me venger que toi, car mes parens

Sont tous morts, en brisant le sceptre des tyrans!

Tiens, prends ce collier d'or, Sacra, je t'en conjure,

Que ton art tout-puissant atteigne le parjure !

Venge-moi ! venge-moi ! — Je vois ce que tu veux,

Je suis prête à le faire ; as-tu de ses cheveux ?

— Oui, oui. » Puis, détachant de sa blanche poitrine

Des cheveux enchâssés dans la nacre marine,

Laura les met aux mains de la sorcière, et fuit,

En courant, sans songer au chemin qu'elle suit.

Et Sacra sans délai chemine vers son antre,

Où la servent des chats et des singes ; elle entre,

Et suspend aussitôt au-dessus des tisons,

Un chaudron plein d'une eau que souillent des poisons,

Y jette les cheveux de l'amant infidèle,

Quelques reptiles morts qui gisent autour d'elle ;

Elle avive la flamme avec des os humains,

Et sur l'eau qui bouillonne et murmure, à deux mains,

Tenant un livre écrit en sanglans caractères,

Agent accoutumé de ses puissans mystères,

Elle lit quelques mots mêlés du mot : Enfer ;

Puis, dans le cœur d'un coq plongeant neuf fois un fer :

« Homme qui t'es joué de l'amour d'une femme,
Qui médites, peut-être, un même crime ! infâme !
Par l'acte souverain de cet enchantement,
Reçois de ton forfait le juste châtiment !
Comme un jeune arbrisseau brûlé par l'onde amère,
Péris avant le temps, sous les yeux de ta mère ! »

II.

Vous qui d'un bonheur vrai seules nous faites don,
Femmes qui nous aimez avec tant d'abandon,
Si par l'amour d'une autre un amant vous outrage,
Trop souvent en vos cœurs brûle un foyer de rage ;
Soudain vous vous vengez ! mais prompte à s'amortir,
Votre aveugle fureur vous mène au repentir.

Le corps las d'une marche égarée, indécise,
Sur le bord d'un chemin la jeune fille assise,
Pleurait, quand un soldat, aux yeux ternes, hagards,
En uniforme blanc, s'offrit à ses regards ;

De bleuâtres couleurs ses deux lèvres se tachent,
Son visage jaunit, ses cheveux se détachent,
S'envolent dans les airs en flocons tournoyans ;
Et comme sur ses bras naguère verdoyans,
Un tilleul emporté par la trombe qui tonne,
Roule, en éparpillant son panache d'automne,
Vers Laura qui pâlit le spectre haletant,
Bondit, et d'une voix qu'à peine l'on entend :
« Laura, je suis Robert... cherche à me reconnaître...
Un mal subit, terrible, a saisi tout mon être...
Un instant j'oubliai tes regards enivrans...
Laura, pardonne-moi, l'on pardonne aux mourans.
— Oui, de tout cœur, et toi?... Furieuse, insensée,
J'ai voulu te punir de m'avoir délaissée !
C'est moi qui t'ai frappé, moi qui te fais mourir !
Mais peut-être il est temps encor de te guérir.
— Je te pardonne. — Viens... faut-il que je te porte?
Oui... Tu ne peux marcher! viens, Robert! je suis forte. »

III.

Le jour a fui ; la lune au dôme bleu des cieux
Se dessine ; portant son fardeau précieux,
La belle Corse frappe à la porte grossière,
Qui ferme en ais mal joints l'antre de la sorcière.

« Oh ! qui va là ? — Quelqu'un qui demande un secours.
— Laisse-moi donc dormir, au diable ! au diable ! cours.
— J'ai des pendans d'oreille. — Ah ! crois-tu qu'on me leurre?
— Regarde par la fente, ouvre-moi. — Tout à l'heure. »

Et Sacra, de son lit aussitôt s'élançant,
Se couvre d'un manteau jaune et taché de sang ;
Puis, elle ouvre, et Laura déposant près de l'âtre,
Sur la natte de jonc, l'amant qu'elle idolâtre :
« Sauve, sauve Robert, sauve-le, dût le sort
Être jeté sur moi !.. — Bien, s'il n'était pas mort,

Vois ! » Et le découvrant, sur sa poitrine nue,

Elle trouve une croix, qui lui semble connue,

Qu'elle saisit, qu'elle ouvre avec frémissement,

Et poussant un sauvage et long rugissement,

Pâle comme un linceul, comme une hyène, affreuse :

« Mon fils ! je l'ai tué ! c'est mon fils ! malheureuse ! »

Et comme sur l'oiseau s'élance un tiercelet,

Elle fond sur Laura, la frappe d'un stilet,

Et posant un bassin sous le sang qui ruisselle :

« Aussi bien, j'ai besoin de sang de jouvencelle,

Pour des vieillards galans qui n'ont que des désirs,

Ou pour des jeunes gens vieillis par les plaisirs. »

Et peu de temps après sa fureur l'abandonne ;

Elle traîne les corps aux pieds de sa madone,

Elle récite un psaume à genoux auprès d'eux,

Puis creuse dans son antre une fosse pour deux.

A mon ami James Pradier.

———◆———

LE TISON.

✳

LÉGENDE DIX-HUITIÈME.

✳

LE TISON.

1770.

J'ai visité, chez nous, ruisseaux, fleuves fameux,
Rochers, encadremens de l'Océan brumeux,
Cirques romains, forêts, croix, pierres sépulcrales,
Églises de village et vieilles cathédrales,
Dont les vitraux, brillans d'azur, de pourpre et d'or,
Entretiennent du saint qui dans la châsse dort,

Tourelles et donjons, sur qui le temps s'émousse,

Ruines, murs, rongés par le lierre et la mousse ;

Partout, j'ai satisfait ma soif d'interroger ;

Je m'adressais au prêtre, à l'enfant, au berger,

Et, riche des tributs de notre France antique,

J'essayai de parer d'un vernis poétique

Des récits effrayans, étranges, merveilleux,

Auxquels vous n'aviez pas la foi de nos aïeux ;

Mais je veux aujourd'hui vous conter une histoire,

Qui n'est pas moins étrange et que vous pourrez croire.

C'était dans un hôtel du quartier Satory,

A Versaille, au bon temps où régnait Dubarry ;

Il était nuit, le vent, la neige de décembre,

Fouettaient à coups pressés les volets d'une chambre,

Avec luxe meublée ; où, sur des siéges lourds,

Utrecht avait tendu son opulent velours ;

Où l'or enrichissait les rideaux, les tentures ;

Où les murs étalaient, en de belles peintures,

Des personnages saints, Abraham, Samuel,

Des vierges, des enfans, peints d'après Raphaël,

Un christ d'après Rubens ; où, dans la cheminée,

D'une pendule en fer, de girandes ornée,

Vaste, brûlait un feu de bûches regorgeant ;

Où pendait dans un angle un bénitier d'argent

Gothique, et ciselé par un artiste habile ;

Où tremblait la clarté d'une lampe débile ;

Où près d'un clavecin marqueté d'acajou,

Avec un petit chien jouait un sapajou.

C'était là qu'en un lit de soie en fleurs brodée,

Mourait une comtesse et livide et ridée ;

Que des neveux veillaient, en ses derniers instans,

Leur tante qui vivait, depuis plus de trente ans,

Pieuse, loin du monde, en un veuvage austère,

Et qui pouvait léguer des rentes, une terre,

Ainsi qu'à cette époque on le voyait souvent,

Au profit d'un saint prêtre ou d'un pauvre couvent.

Mais elle avait près d'elle une enfant, jeune fille

De quatorze à quinze ans, aussi de la famille,

Au sein déjà gonflé par le désir naissant,

Supportant d'un beau cou l'albâtre éblouissant,

12

Aux traits légers et fins, à la taille élancée,
A l'œil noir, éclatant de vie et de pensée,
Qui larmoyait de voir sa parente souffrir,
Et qui la consolait sans doute de mourir.

On disait qu'étant jeune, aussi sage que belle,
La comtesse à l'amour avait été rebelle ;
Qu'elle avait repoussé les offres du Régent,
Que, sans qu'on tînt sur elle un propos outrageant,
Même, elle avait brillé parmi sa cour immonde ;
Puis, qu'elle avait quitté les vanités du monde,
Depuis qu'un beau matin parti pour voyager,
Son époux était mort en pays étranger.

Entre un prêtre ; il remplit le sacré ministère,
Qui fait tomber d'en haut le pardon sur la terre,
Oint la mourante, et sort. Et l'espoir dans les yeux,
La comtesse sourit, semble entrevoir les cieux,
Et sentir quelque force en son corps réveillée.
Ainsi, quand une lampe éclaire une veillée,

Que le suc du colza cesse de la nourrir,

Elle jette un feu vif avant que de mourir.

Vers sa nièce à genoux la comtesse se penche,

Prend sa main qu'elle serre, et son ame s'épanche

Dans le sein de l'enfant, en un touchant adieu ;

Puis dit en la baisant au front : « Tu priras Dieu

Pour moi, j'en ai besoin … mon ame m'abandonne…

Avant de te quitter, il faut que je te donne,

Mon enfant, un avis dont tu profiteras :

Tu vas devenir riche et tu te mariras ;

Si belle et mariée, au parc, aux bals, aux fêtes,

De nos brillans roués tu tourneras les têtes ;

Mille piéges adroits assiégeront tes pas,

Aime bien ton mari ! Prends garde !… On ne sait pas

Jusqu'où peut, mon enfant, conduire l'adultère ! »

Et comme elle achevait cet avis salutaire,

Son œil devenait terne et sa voix suffoquait,

Quand soudain un tison roule sur le parquet ;

Et la pourpre aussitôt inonde son visage ;

De son bras qui pendait elle reprend l'usage,

L'agite en l'alongeant ; les yeux grandis et clairs,

Comme les yeux d'un chat lançant d'ardens éclairs,

Elle saute, elle vole! on se range! elle passe!
On dirait un fantôme! elle franchit l'espace
De sa couche au tison qui crie à flamboyer,
Le prend de ses deux mains, et le rend au foyer;
Puis courant à son lit, sur son visage blême
Elle jette son drap, et meurt à l'instant même.

Et la nièce, en un coin, s'arrache les cheveux,
Pousse de longs sanglots; tandis que les neveux,
Immobiles et l'œil attaché sur la place
Qui du tison brûlant garde la noire trace,
Demeurent sans parler! Tout-à-coup une voix:
C'est un trésor! et tous répondent à la fois:
Un trésor! un trésor! Chaque héritier cupide,
Dans la chambre aussitôt court, s'élance rapide;
On saisit une chaise, une bûche, un couteau,
La pelle, le balai, les chenets, un marteau,
La barre du foyer et la tringle arrachée
Aux ornemens du lit où la morte est couchée,
Tout ce qu'on peut trouver!.. le plancher est ouvert!
Mais ce n'est pas de l'or que l'on a découvert!

C'est un cadavre auquel ce plancher sert de tombe !

Sous le contact de l'air la chair en poudre tombe !

Un squelette, aux neveux pâles, épouvantés,

Se présente, au milieu d'habits ensanglantés,

Cependant qu'un vieillard valet de la comtesse,

Qui restait interdit, le cœur gros de tristesse,

A cet horrible aspect, recule et jette un cri.

Il avait reconnu les habits du mari !

A mon ami J. Lesguillon.

LE

PRÉSIDENT DU BUSQUET.

LÉGENDE DIX-NEUVIÈME.

LE

PRÉSIDENT DU BUSQUET.

1772.

C'est une histoire encor que je vais vous conter ;
Peut-être, vous aurez plaisir à l'écouter ;
Mais si vous y trouvez quelque chose à reprendre,
Sachez que ce n'est pas à moi qu'il faut s'en prendre ;
C'est un garde-du-corps du feu roi Charles-Dix
Qui me l'a dite un jour, comme je la redis.

I.

Au mois de juin de mil-sept-cent-soixante-douze
Pierre Civrac, baron du Busquet, de Toulouse,
S'en allait à Paris, nonchalamment carré,
Près d'un valet de chambre en épée et poudré,
Au fond d'une berline élégante, traînée
Par trois chevaux de poste et d'écussons ornée.
Président, député d'un corps, du parlement,
Et riche, pouvait-il voyager autrement?

Par la plus sombre nuit, le long d'un cimetière,
La voiture s'arrête ; aussitôt la portière
S'ouvre; puis s'y présente, une lanterne en main,
Un nain rouge qui dit : « A gauche du chemin,
Dans un pré, tout auprès d'une baraque en planches,
Monsieur, vous allez voir un tas de pierres blanches ;
Il renferme le corps d'un marchand colporteur,
Qu'on vient d'assassiner, là-bas, sur la hauteur,

Près du bois ; et le mort demande qu'on l'enterre,

Avec les us chrétiens, dans une sainte terre ;

Quand viendra le soleil , hâtez-vous d'accéder

A ses vœux, et trois jours avant de décéder,

Président du Busquet, vous me verrez paraître

Pour vous dire : Il est temps d'avoir recours au prêtre !

Au revoir ! » Et soudain, rapide comme un trait,

L'être mystérieux s'envole et disparaît.

Puis, se faisant, au jour, conduire au presbytère,

Le président obtient du curé qu'il enterre,

Avec les rites saints, dans le champ consacré,

Le mort que l'on trouva sous les cailloux du pré.

II.

Depuis quelque dix ans de retour à Toulouse,

Le président vivait près d'une noble épouse,

Frêle blonde, aux yeux noirs de malice éclatans,

Et plus jeune que lui de dix-huit ou vingt ans ;

Qui pour chacun avait un sourire à la bouche,

Se mettait au visage et le rouge et la mouche ;

Qui ne se fournissait de robes, de joyaux

Qu'à Paris, et toujours chez les marchands royaux ;

Donnait de grands soupers, se pâmait aux gavottes ;

Qui, si l'on avait cru quelques langues dévotes,

Attribuait l'emploi d'ami de la maison

A chaque colonel venant en garnison ;

Chose possible au fond : alors qu'en notre France

Les gens de qualité, de certaine apparence,

Quittaient leur précepteur pour prendre un régiment,

Un colonel était jeune, communément !

C'était sur tous les points une femme à la mode !

Quant au mari, c'était un mari fort commode,

Qui s'inquiétait peu de madame ; chassait

Le lièvre au chien courant, le lapin au basset,

Le râle à l'épagneul et la perdrix au braque ;

Du sanglier parfois se permettait l'attaque ;

Qui lui-même sonnait du cor comme un piqueur ;

Aimait le maniment et du trèfle et du cœur,

Le bon vin, et surtout et de façon jalouse,

D'un amour africain, une brune Andalouse,

Svelte, aux pieds tout petits, à l'œil étincelant,

Qui femme de l'épouse, avec un beau talent,

Dressait de ses cheveux le galant édifice,
Et qui, selon des bruits échappés de l'office,
Au blond valet-de-chambre en pur don octroyait
Ce qu'en or, en bijoux, le président payait.

Une nuit qu'il veillait tout seul, son rideau s'ouvre !
Il se dresse, il regarde et voilà qu'il découvre
Avec son manteau rouge et sa lanterne en main,
Cet être que jadis il vit dans son chemin,
Qui lui crie : « Il est temps d'avoir recours au prêtre !
Le Seigneur devant lui vous fera comparaître
A minuit, dans trois jours ! » Et pâle, sur son lit,
Le pauvre président retombe et défaillit.

III.

Le lendemain midi sonne, en son noir costume,
Le front pâle, défait, ainsi qu'il a coutume,
Le président visite en son appartement
Sa femme, qui regarde avec saisissement

Ses traits décomposés, sa pâleur, et s'écrie :

« Ah ! mon Dieu ! qu'avez-vous ? dites, je vous en prie,

Qu'avez-vous, mon ami ? Vous me faites trembler ! »

Peut-être on me dira : Quoi ! faire ainsi parler

Une femme..... à la mode ?... Elle hait !... Au contraire

Le président pour elle était père, ami, frère,

Tout ce qu'on peut aimer sans jamais s'en lasser,

Et tout ce qu'on ne peut ici-bas remplacer !

Au fait, en suppliant avec des pleurs de l'ame,

La présidente obtient l'aveu qu'elle réclame,

Et par ces mots qu'en vain chez l'homme on chercherait,

Ces accens dont la femme a seule le secret,

Attaque son mari, combat la noire idée

Qui lui rend la figure et livide et ridée ;

Mais sans fruit ! il la quitte en laissant pour adieu :

« Je vais me préparer au jugement de Dieu ! »

IV.

Trois jours après, le soir, l'ingénieuse épouse

Ouvre son grand salon, à tout ce qu'à Toulouse

La femme d'un baron, d'un premier magistrat
Avait pu convoquer pour un bal d'apparat ;
Les uns courent au jeu, les autres à la danse ;
Les sirops, les sorbets viennent en abondance,
Tandis qu'à la cuisine on apprête faisan,
Turbot, nougat, soufflé, charlotte, parmesan,
Sucs glacés, jus bouillans qu'un citron acidule.
On avait eu le soin d'avancer la pendule
D'une heure ; puis voilà qu'y sonne tout-à-coup
Minuit, et qu'aussitôt après le dernier coup,
Autour du président étendu sur un siége,
Où la peur de la mort de ses transes l'assiége,
Le salon tout entier, par sa femme averti,
De crier en riant : Le nain rouge a menti !
Et se trouvant dispos, du Busquet de se dire :
« Qu'est-ce donc que ce nain est venu me prédire ? »
Et puis, avec la foule, il se rend au souper,
Où le vin aux propos s'unit pour l'occuper.
Une heure vient ! (c'était le minuit véritable !)
Je ne sais trop pourquoi, le baron sort de table ;
En fredonnant un air il va dans le jardin,
Il respire le frais ; il s'arrête !... Soudain

Il voit, sur le gazon d'une verte pelouse,

Sa maîtresse, sa brune et piquante Andalouse

Que son valet-de-chambre embrasse tendrement,

Et transporté de rage, il court, fond sur l'amant,

Lui jetant le maraud et les jurons d'usage ;

Il tend la main, il va le frapper au visage,

Mais le valet-de-chambre, en parant le soufflet,

L'étend mort à ses pieds d'un coup de pistolet.

A mon ami Gustave Drouineau.

———••••———

LES DEUX SŒURS.

✳

LÉGENDE VINGTIÈME.

✳

13

LES DEUX SŒURS.

1778.

Deux sœurs, que l'on nommait, je crois, Rose et Marie,
A qui d'attraits nombreux le ciel avait fait don,
Vivaient au temps passé dans une métairie
     Du beau village de Meudon.

13.

L'une brune, aux yeux bleus, active, vigilante,
A tous les soins des champs se livre avec instinct ;
L'autre blonde, aux yeux noirs, travaille nonchalante,
    Et craint le soleil pour son teint.

Aux danses en plein air des fêtes patronales,
L'une a toujours la main du même villageois ;
L'autre n'aime à grossir ses listes nominales
    Que du nom des jeunes bourgeois.

Rose va d'un pas grave à l'autel du village,
Le sein, le front parés de la fleur d'oranger ;
Marie, en un carrosse au rapide attelage,
    S'envole avec un étranger.

Tandis qu'avant le jour, l'une alerte et joyeuse
S'en va vendre à Paris les fleurs de son enclos ;
L'autre, sous les parfums de l'alcove soyeuse,
    Vend ses charmes à peine éclos !

L'une donne en tribut une épargne modique
Au pauvre souffreteux et de haillons couvert ;
L'autre en frivolités fond un or impudique
    Ou le confie au tapis vert !

Rose tient dans ses bras un enfant son image,
Et lui dit de prier pour dormir en repos ;
Marie, à sa toilette, accueille un tendre hommage,
    Ou sourit à de gais propos !

L'une, assise au milieu de paniers à fougère,
Sur un âne trottant, s'en revient du marché ;
L'autre passe et repasse, en calèche légère,
    Avec un front empanaché !

Du bonheur d'un mari chaque jour soucieuse,
L'une dans son devoir trouve sa volupté ;
L'autre va ruinant, folle capricieuse,
    Et ses amans et sa santé !

L'une est morte au hameau bisaïeule, entourée
D'une foule d'enfans pleurant de son adieu ;
L'autre est morte à Paris, jeune, et ne fut pleurée
    Que d'une sœur de l'Hôtel-Dieu !

A Madame Bocquet de Pétagny,

LE

MÉNÉTRIER DE FOLAINVILLE.

✻

LÉGENDE VINGT-UNIÈME.

✻

LE

MÉNÉTRIER DE FOLAINVILLE.

1780.

Non loin de Mantes la jolie,
Au sommet d'un riant coteau,
Plane l'albâtre d'un château
Semblable aux palais d'Italie !

Du haut des terrasses, les yeux
Plongent dans l'immense vallée,
Qui, d'eaux, de bois, de prés mêlée,
Déroule un tableau merveilleux.

Là, Mantes de sa vieille église
Dévoile l'aspect renommé ;
Ici, le clocher de Limay
Dresse sa pyramide grise.

A droite, s'élèvent les croix
D'un simple et pieux ermitage,
Où l'on trouve fruits et laitage,
Mais pas un récit d'autrefois !

Là-bas, c'est Rosny qui rappelle
Des gloires qui vivront toujours ;
Dont sont retracés les beaux jours
Par les fossés et la chapelle.

Tout près, c'est, au bord d'un ravin,
Le carrefour de Folainville;
Où passa, venant de la ville,
Un ménétrier pris de vin.

Il était nuit close : en cadence,
Arrivent du chemin pierreux
Hommes, femmes, couples nombreux,
Lui criant : Joue un air de danse!

Les hommes ont de beaux habits ;
Les femmes ont des robes blanches,
Et leur front est ceint de deux branches
Où se mêlent fleurs et rubis.

Le ménétrier, dont la joue
Passe aussitôt du rouge au blanc,
Sans répondre un mot, tout tremblant,
Prend en main sa viole et joue.

En chantant, en blasphémant Dieu,
On danse, on saute, on tourbillonne ;
Puis, avant que l'aube rayonne,
Tout fuit, en jetant cet adieu :

« Ici, demain, à la nuit sombre,
Reviens avec ton instrument ;
Ou, sinon, à chaque moment,
Nous te suivrons comme ton ombre ! »

Le pauvre homme le lendemain,
Lorsque la nuit vient à paraître,
Muni de l'avis d'un vieux prêtre,
Du carrefour prend le chemin.

L'y voilà ; les gens de la veille
Dansent, tournent comme l'éclair !

Soudain le villageois prend l'air
Du chant de Saint-Jean ! O merveille !

Toute la troupe, avec fracas,
S'envole comme une fumée,
En laissant la terre semée
De cendres et d'étranges pas !

A ma Mère.

LA

FILEUSE D'ANNEBAUT.

LÉGENDE VINGT-DEUXIÈME.

LA

FILEUSE D'ANNEBAUT.

1781.

Salut encore, ô ma belle vallée,
Pays natal, dont ma vie exilée,
Garde à jamais un souvenir d'émoi !
Quels doux instans tu réveilles en moi !
A toi toujours mon instinct me ramène !

Dans Annebaut, où la Rille promène
Son bleu miroir de prés verts encadré,
Où l'on rencontre un château délabré
Dont Belzébuth fit jadis son domaine [47],
Paul et Victoire en tout contentement
Jeunes, aimés de tout le voisinage,
Auraient vécu dans leur petit ménage,
S'ils n'eussent point perdu tout récemment
La bonne Marthe, à qui sa bru Victoire
Avait promis à son dernier moment,
Pour abréger son temps de purgatoire,
Qu'en le payant sur le profit tiré
De son travail, elle irait au curé
Avant un mois demander une messe.
Sans que Victoire ait rempli sa promesse,
Déjà depuis que Marthe a trépassé
Avec trois jours trente jours ont passé,
Lorsqu'une nuit, au lit qui les rassemble,
Près d'un enfant, doux et précieux fruit
De leur amour, comme frappés d'un bruit,
Les deux époux se réveillent ensemble ;
Puis clairement ils entendent tous deux

Comme un rouet qui dans la chambre crie,
Et leur enfant, qui se dresse et s'écrie :
« O mère-grand ! s'échappe d'auprès d'eux. »
Victoire tremble et la sueur ruisselle
Sur tout son corps ; au coin qui les recèle,
Paul court chercher les pierres, l'amadou ;
L'un après l'autre il bat chaque caillou,
Et n'en fait pas jaillir une étincelle ;
Puis tous les deux troublés au dernier point,
Tout frissonnans, ils se mettent en quête
De leur enfant et ne le trouvent point !
Mais vient le jour, et le rouet s'arrête ;
Il est chargé d'un fil mince et soyeux
Manquant la veille ; et l'enfant tout joyeux
Au pied du lit montre sa blonde tête.

Le lendemain le même événement
Renouvela son étrange merveille ;
La nuit suivante, en tout pareillement,
Recommença le drame de la veille !
Mais instamment par Victoire requis

De grand matin, le curé dit la messe
Dont à la morte elle avait fait promesse,
Qu'elle paya de douze sous acquis
Par son travail ; et depuis la fileuse
Onc n'opéra sa nuit miraculeuse.

A mon ami Charles Lassailly.

———◆———

LE TERNE.

LÉGENDE VINGT-TROISIÈME.

LE TERNE.

1817.

I.

Un navire marchand, *the Hope* (l'Espérance),
Trois-mâts svelte, sortant du chantier, pour la France,
Avait appareillé, le neuf juin, de Boston,
En charge de tabac, de sucre et de coton.

Ce navire, une nuit, sous un ciel beau d'étoiles,

Le cap sur l'île Flore, avec toutes ses voiles,

Filait dix nœuds, au coup de vents doux et légers ;

Il avait à son bord, entre autres passagers,

Une femme aux yeux noirs et grands, dont la prunelle

Disait l'ame de feu qu'elle portait en elle,

La veuve d'un Français, d'un malheureux proscrit,

Mort loin d'un sol toujours présent à son esprit,

Et qui lui demanda, près de l'heure fatale,

De le faire dormir dans la terre natale.

Au fond de son hamac, sous la robe de deuil,

Elle pleurait assise à côté du cercueil,

D'un mari bien-aimé froide et dernière couche ;

Elle y portait les yeux sans cesse, et de sa bouche

S'échappaient des soupirs et quelques mots aussi,

Des mots désordonnés qu'on peut traduire ainsi :

« Pauvre ami, là !.. Sans toi, je vais revoir la France !..

Qu'y fera ta Mathilde ?.. Ah ! quelle différence

Avec ces jours si doux, passés si promptement!..
Oui, je trouvais en toi tout, mari, frère, amant!..
Que de fois le matin ton haleine embaumée
M'éveilla!.. J'ai besoin d'aimer et d'être aimée...
Ne crois pas cependant qu'aucun autre jamais
Puisse... non!.. Sans bonheur je vivrai désormais. »

Mais tout-à-coup dans l'air se déroule un orage!...
Ne me demandez pas de vous peindre un naufrage :
Un naufrage! fi donc! cela se voit partout!
Je dirai seulement que dépouillé de tout,
Cordages, barre, mâts et voiles, le navire,
Sous les flots et les vents tourbillonne, chavire,
Tandis que l'équipage et chaque passager
Se hâtent de se mettre à l'abri du danger,
Dans la grande chaloupe, où tremblante d'alarmes,
Mathilde à force d'or, de bijoux et de larmes,
(Quel cœur ne se fût pas devant elle attendri?)
Obtient de faire entrer le corps de son mari.

II.

Le sort au malheureux n'est pas toujours contraire.

Vingt jours passent ; avec son trésor funéraire,
Et ses vêtemens noirs et son cuisant chagrin,
Elle arrive à Paris ; elle achète un terrain,
Au cimetière neuf qui s'ouvre au Mont-Parnasse,
Elle y fait enterrer le mort ; et pour la place,
Commande au marbrier un cippe en marbre blanc,
Surmonté d'un flambeau renversé mais brûlant.

Mathilde avait choisi, si ma mémoire est bonne,
Pour demeure, un hôtel auprès de la Sorbonne,
Par but d'économie ou pour autre sujet ;
Treize jours avaient fui depuis qu'elle y logeait,
Quand une nuit couchée elle aperçoit en rêve,
Au-dessus de son lit, un nuage qui crève,

Et le défunt, couvert d'un linceul, en descend,

Puis, lui prenant la main, lui dit en la pressant :

  « Grâce à ton noble sacrifice,

Mathilde, j'ai ma tombe aux champs où je suis né,

  Et maintenant il m'est donné

De te récompenser de ton pieux office !

Dans trois mois à compter d'aujourd'hui Saint-Yon,

  Jour où j'ai quitté ma patrie,

  Pour le prochain tirage de Lyon,

Mets dans cet ordre exact ce terne en loterie :

  Quarante-cinq, vingt-sept et *dix !*

  Il sortira, c'est moi qui te le dis,

Mathilde ! je te donne un conseil véritable :

  Quand tu t'éveilleras demain,

  Tu trouveras ce terne sur ta table,

Écrit avec ton sang qui coule et de ma main ! »

Mathilde au jour s'éveille ; elle voit sur sa couche,

Une empreinte de sang écoulé de sa bouche ;

Et trouve, en un papier sur sa table placé,

Le terne fantastique avec du sang tracé,

En chiffres où du mort la main semble marquée !

Mais quand elle approcha de l'époque indiquée,
Elle chercha long-temps et partout, sans effet,
Les numéros du rêve oubliés tout-à-fait,
Près d'un élève en droit au maintien doux et sage,
Aux cheveux blonds, aux yeux bleu tendre, au frais visage,
Qui l'avait remarquée au Luxembourg, un soir ;
Qui, sur un banc près d'elle, était venu s'asseoir ;
Et qui depuis ce temps, déserteur de l'étude,
Par des soins assidus charmait sa solitude.

A quelques jours de là, dans un tiroir blotti,
L'écrit fut retrouvé ! le terne était sorti !

A mon ami Alphonse Brot.

LES YEUX.

LÉGENDE VINGT-QUATRIÈME.

LES YEUX.

1824.

C'est une histoire,
Un fait, dit-on,
D'hier, notoire
Dans le canton.

Dans sa chaumière,
Au bord du Lot,
Une fermière
Pleure à sanglot,
Loin de son père
Prêt à passer,
Et désespère
De l'embrasser !
Mais plainte amère
De fuir soudain ;
Ce cri : Ma mère !
Part du jardin !
Et l'enfant, blême,
Crie, en entrant
A l'instant même,
Tout en courant :
« J'ai vu dans l'ombre....
— Quoi donc, ô cieux ?
— Au bosquet sombre,
J'ai vu deux yeux !
— C'est un prestige
Faux et trompeur,

Quelque vertige
Né de ta peur?
— Non, sur mon ame,
J'ai bien vu là
Deux yeux de flamme !
Mais les voilà,
A ma rencontre
Toujours volant ! »
L'enfant les montre
D'un doigt tremblant ;
Puis, tout de glace,
Aux draps du lit,
Se tord, s'enlace,
Et défaillit !

L'aube s'éveille,
Et l'on apprend
Qu'au soir, la veille,
L'aïeul mourant

Cherchait, la bouche
Au crucifix,
D'un œil farouche,
Son petit-fils !

A mon ami E. Roger de Beauvoir.

LES

DEUX FANTOMES.

❋

LÉGENDE VINGT-CINQUIÈME.

❋

LES

DEUX FANTOMES.

1826.

A vous, physiciens, médecins, géomètres !
A vous, en tout savoir docteurs et passés maîtres !
A vous, esprits douteurs et froids et raisonnans !
A vous qui n'avez point foi dans les revenans !
C'est pour vous que je conte une histoire authentique,
Sur laquelle au besoin vous aurez document,

D'un jeune homme au front large, écrivain romantique,
Qui rédige au Vert-Vert, et qui jamais ne ment !

I.

Il est en Normandie une petite terre
Enclose de sapins, paradis solitaire,
Où le maître du lieu, jeune homme au cœur aimant,
A la tête de feu, qui s'appelait Armand,
Puis une fraîche enfant, blonde, du nom d'Élise,
De seize ans, à l'œil noir en amande fendu,
Sans s'être inquiétés de mairie et d'église,
S'enivraient d'un air pur et du fruit défendu.

Ah ! pourquoi dans ce monde où l'homme est de passage,
Où tout est vain et faux, hors d'aimer ; où le sage,
A mon sens, est celui qui suit les doux penchans
Que nous donna le ciel, qui va chercher aux champs
Un frais séjour, où près d'une de vous, ô femmes,
Il s'abreuve sans cesse au philtre du désir ;

Ah ! pourquoi dans ce monde est-il de froides ames,
Qui de couples heureux brisent l'ardent loisir ?

Ta jeune Élise, Armand, ta rose bien-aimée,
Est, au nom d'une mère en tout droit réclamée !
Mais qui l'a fait ainsi recourir au pouvoir
Que lui donnent les lois ? Est-ce pour la revoir,
La presser sur son cœur, après l'avoir perdue ?
Oh ! non ! pour la livrer à l'or d'un débauché !
Car par sa mère Élise avait été vendue !
Car Élise avait fui pour rompre le marché !

Qu'auriez-vous fait, amis, en pareille occurrence ?
Quel remède auriez-vous choisi de préférence,
Si le même péril sur vous se fût dressé ?
Pour moi, je n'aurais pas un instant balancé :
Soudain j'aurais crié : « Cours, jockey ! ma valise,
Et ma chaise de poste et mes chevaux ! chargeons !
Mon argent ! mes bijoux ! et j'aurais dit : Élise,
Tout ciel est doux à ceux qui s'aiment ! voyageons !

Partons pour l'Italie ! Adieu, terre de France !
A nous, Alpes, Turin, Gênes, Milan, Florence,
Venise, la cité dont Byron fut épris ;
Rome avec son passé vivant dans ses débris ;
Naple avec son beau ciel, le plus beau de la terre,
Son volcan, ses doux fruits, le parfum de ses fleurs !
O l'Italie à deux ! ineffable mystère !
O l'Italie à deux ! où trouver des couleurs ? »

Quel cœur à mon avis pourrait ne pas se rendre ?
N'était-ce point pour eux la seule voie à prendre,
Dites-moi ? Mais hélas ! Élise et son amant,
Les pauvres jeunes gens, firent tout autrement !
En présence du coup qui pour eux se prépare,
Du glaive de la loi suspendu sur leurs fronts,
De leurs esprits frappés le vertige s'empare !
Et tous deux d'une voix de s'écrier : Mourons !

Armand sort aussitôt de la chambre ; rapporte
Un réchaud, du charbon, barricade la porte;

Et puis le lendemain au même lit couchés,
Les deux amans gisaient, l'un à l'autre attachés,
Étreints avec les nœuds d'une forte lanière,
Morts, ayant un réchaud large et vide auprès d'eux.
Et (telle était d'Armand la volonté dernière),
Dans une même tombe on les plaça tous deux.

II.

Sise aux bords de la Seine et tout près d'une église,
Du cimetière asile et d'Armand et d'Élise,
La terre qui les vit mourir, par testament,
Était tombée aux mains d'une tante d'Armand ;
Mais la terre par lui n'avait été donnée,
Qu'à charge d'héberger, comme lorsqu'il vivait,
Un ami de Paris, qui, six mois de l'année,
Là paisible chassait et mangeait et buvait !

Une année environ avait fui, l'héritière
Se plaignait chaque jour de voir, au cimetière,
La pierre d'un tombeau, qui, féconde en douleur,
D'un neveu qu'elle aimait réveillait le malheur ;
Elle en vint à prier son hôte-légataire,
D'écrire sans retard pour demander l'aveu
De qui de droit, afin qu'ailleurs, loin de sa terre,
Elle fît inhumer le corps de son neveu.

Il était nuit, et l'hôte, assis près d'une table,
Écrivait ; quand soudain un bruit épouvantable
L'interrompt ! Il se lève, et d'un fusil s'armant,
Court de suite à la chambre et d'Élise et d'Armand,
Lieu d'où le bruit semblait venir ; il la visite,
Mais il n'y trouve rien ; il en sort, et le bruit
Aussitôt recommence ; il court, il rentre vite !
Pour la seconde fois, sa recherche est sans fruit !

Il retourne à sa chambre, et, devant son pupitre,
Se rassied ; il se met à poursuivre l'épître,

Et bruit encore ! Et l'hôte à son bureau restant :
« Montrez-vous, s'il vous plait qu'on vous voie ! » Il entend
Aussitôt retentir des pas ! La porte s'ouvre,
Et, se donnant la main, pâles et chancelans,
Se présentent Armand qu'un noir vêtement couvre,
Puis Élise, le front couronné d'œillets blancs !

L'hôte vers eux s'avance et d'une main qui tremble,
Il les salue et dit : « Tu souffres, il me semble,
Armand ? — Oh ! oui, beaucoup (lui répond celui-ci
D'une voix déchirante), et mon Élise aussi !
Je n'ai jamais senti de souffrance pareille !
Même après notre vie on veut nous séparer ! »
Puis, ils sortent tous deux ; et lui prête l'oreille,
Et dans la chambre aux morts il les entend rentrer !

L'hôte, le lendemain, tout pâle, de sa veille
Conta la fantastique et touchante merveille,
(Prodige que depuis il a, dit-on, conté
Mainte fois, comme ému d'une réalité);

Mais aujourd'hui voyez combien peu l'on vénère
Nos croyances d'hier ! Le pauvre ami d'Armand
Fut traité de farceur et de visionnaire ;
Et puis de la maîtresse on sépara l'amant !

LE
PACHA DE CORON.

Great god! how could thy vengeance light
So bitterly on one so bright?

THOMAS MOORE.

LE
PACHA DE CORON.

————⋄————

Au fond de son harem, en un lieu de mystère,
Où brûlent les parfums les plus doux de la terre,
Où glisse mollement une brise d'été,
Où dans un bassin tombe une eau claire, où s'étale
Tout ce que peut offrir la pompe orientale
    D'aiguillons à la volupté ;

Sur un sofa couvert d'un soyeux poil de chèvre,
Le pacha de Coron au visage, à la lèvre
Que le temps a marqués de son souffle outrageant,
Assis, portant, aux plis de sa large ceinture,
Un kandjar de Damas d'une riche monture
    Et deux longs pistolets d'argent,

D'un œil qui de plaisir flamboie et papillote,
Regarde en lui parlant une jeune Hydriote
Demi-nue et sortant d'un bain d'ambre et de nard,
Qui sur les doux coussins nonchalamment se penche,
Puis écoute les mots où le vieillard s'épanche,
    En jouant avec son poignard ;

Tandis qu'avec sa robe aux ondoyantes taches,
Sa queue aux noirs colliers et ses blanches moustaches,
Repose devant eux, roulé comme un anneau,
Un tigre pris enfant aux forêts du Bengale,
Docile comme un chien, d'une douceur égale
    A la douceur d'un jeune agneau.

« Que tu fais bien, dit-il, de n'être plus chrétienne !
Vois !... quelle destinée est égale à la tienne !
Nos nœuds seront demain bénis par Mahomet ;
Et lorsque je mourrai tu seras l'héritière
De mon vaste palais, de ma fortune entière :
    Le Coran aussi le permet !

Mais en effet, dis-moi, de cette belle vie,
Qui de tant de beautés allumera l'envie,
Quelle femme jamais fut plus digne que toi ?
Ta blanche joue a bu la rose d'Idumée !
Aucun parfum ne vaut ton haleine embaumée,
    Qui renouvelle tout en moi !

Semblable au saule vert qui se couche sur l'onde
De mon jardin anglais, ta chevelure blonde
Jusqu'à tes pieds de neige et tout petits descend !
Ta main a la douceur, le moëlleux de la soie !
Où rencontrer ce sein où l'amour se déploie,
    Ta parole au magique accent ?

Tes lèvres, où jamais le souris ne sommeille,
Effacent en couleur la grenade vermeille !
Tes dents ont plus d'éclat que les perles d'Ophir !
Puis, dis-moi, dis-moi donc, sublime créature,
Dis-moi quelle clarté, dans toute la nature,
  Dis-moi quel astre, quel saphir

Peut valoir ces grands yeux qu'un sourcil d'or couronne,
Que l'ovale mouvant de longs cils environne,
Ces yeux d'un bleu si vif, étoiles de mes jours ?
Oui, mon trésor, mon dieu, ma péri, ma lumière,
Oui, des femmes Allah t'a faite la première !
  A toi, toujours ! à toi, toujours ! »

Et le vieillard, jouet d'une extatique ivresse,
De ses bras tremblotans et l'enlace et la presse ;
Il étreint d'un baiser son col éblouissant ;
Il lui serre la main dont le poignard échappe,
Et de son beau pied nu que le fer aigu frappe
  Fait jaillir des gouttes de sang !

Le tigre voit ce sang et le respire ; il bave,
Et s'alonge et se dresse ; et sur la belle esclave,
L'œil ruisselant de flamme, il fond comme l'éclair,
La déchire !... et soudain le vieux pacha se lève,
S'éloigne et froidement de sa ceinture enlève
    Un pistolet qu'il tire en l'air !

On accourt à ce bruit de la salle prochaine ;
Et le maître montrant le tigre : « Qu'on l'enchaîne,
Et qu'il jeûne sept jours de mes regards proscrit ! »
Puis, digne sectateur de la foi musulmane,
Tranquille, il se rassied sur la molle ottomane,
    En ajoutant : « C'était écrit ! »

AU MUFFOLI

DU

JARDIN DES PLANTES.

Passant, donne une larme
Au pauvre prisonnier.

Romance.

AU MUFFOLI

DU

JARDIN DES PLANTES.

———

J'aime à te voir, fils de cette île
Où tout offre un étrange aspect,
Pays en souvenirs fertile,
Que je salue avec respect !

Peut-être que ton poil noirâtre
Froissa quelque étroit défilé,
Où, sous les coups du héros-pâtre,
Le sang des Génois a coulé !

Sur une colline boisée,
Sur le plateau d'un blanc rocher,
Où Vannina s'est reposée,
Peut-être tu vins te coucher !

Peut-être as-tu gravi naguère,
Enfant de Corse, ô Muffoli,
Quelque mont où le cri de guerre
Sortit du cœur de Paoli !

Peut-être, dans ta course agile,
As-tu suivi quelque chemin,
Où, sur les cailloux, sur l'argile,
Passa, fusil de chasse en main,

L'empereur, le grand capitaine
Dont le monde a chanté le nom,
Et qui, dans une île lointaine,
Est mort expiant son renom !

Mais pourquoi, lorsque solitaire
A te contempler je me plais,
L'œil morne, incliner vers la terre
Ton front armé de deux stilets?

Au milieu de jolis treillages,
Selon tes goûts toujours nourri,
Là, n'as-tu pas de verts feuillages,
Une cabane pour abri ?

Là, le siroco qui dévore,
Les grands chiens, ni le plomb sifflant,
Ne viennent pas, quand naît l'aurore,
Troubler ton sommeil indolent !

Oui, mais tu ne peux plus t'ébattre
Sur ces monts émaillés de thym,
Où tant d'abeilles vont s'abattre
Et s'enivrer de leur butin !

Tu ne peux plus courir rapide
Au travers du bois odorant,
Ni boire aux eaux du lac limpide,
Ni d'un bond franchir le torrent !

Je le vois, Muffoli sauvage,
Tu sens, en ton cœur attristé,
Qu'il n'est point de doux esclavage,
Que rien ne vaut la liberté !

LE
PRÉMANOIR.

Délectable mélancolie des souvenirs de mon enfance.

CHATEAUBRIAND.

La vita, senza amore, é un sogno amaro.

TASSO.

LE PRÉMANOIR.

Voilà ce beau pays, cette vallée ouverte,
Cette maison en brique et de tuiles couverte,
Où sans rêver au monde, à ses jeux, à ses bruits,
Sans caresser l'espoir d'un nom, folle chimère,
Je passais, sous les yeux d'un père et d'une mère,
    Les saisons des fleurs et des fruits !

Voilà cette terrasse à tilleuls, à charmilles
Qui d'insectes nombreux abritait les familles,
Où sur un gros caillou tout seul j'allais m'asseoir ;
Ce clos où moissonnaient les fils de la campagne ;
Ce bois où, pour charmer l'ennui de sa compagne,
      Le rossignol chantait le soir,

Où dans de frais sentiers plus d'une fois mon père
Près de moi d'un bâton combattit la vipère,
Où souvent sous nos pas bondissait le lapin !
La voilà cette cour dont j'ouvrais la barrière
Au pauvre qui pour moi disait une prière,
      En prenant mon morceau de pain !

Voilà ce beau verger plein d'arbres, dont les branches
Se courbaient sous le poids de pommes rouges, blanches ;
Où le carquois au dos, l'arc à la main, de joncs
Garnis et de la plume et du fer en losange,
Je visais.... de trop loin la bleuâtre mésange,
      Qui butinait fruits et bourgeons !

Voilà ces verts buissons où je cueillais la mûre ;
L'espalier dont parfois la pêche à peine mûre
De mon palais brûlant éteignait les chaleurs ;
Ces fontaines d'eau vive, où la saison ardente
M'entraînait, dans les jours de l'enfance imprudente,
    Sous l'ombre de saules en pleurs !

Ce vieux mur où, cherchant la coquille fragile,
En un lit sablonneux, sous des pierres d'argile,
J'éveillais des lézards, des orvets endormis ;
Où mon râteau de fer aux dents inexorables
Égorgeait, dispersait des peuples innombrables,
    De grands empires de.... fourmis !

Voilà cette montagne au front vert, escarpée,
Par les vents, le soleil et la foudre frappée,
Où deux aigles jadis se sont posés, dit-on :
Où mon filet, parmi les chardons à fleurs bleues,
Prenait des papillons larges, à longues queues,
    Qui venaient parer mon carton.

Voilà ces quatre étangs aux eaux calmes, limpides,
Où des carpes d'argent, des truites rapides
J'attendais, ligne en main, le choc capricieux,
Tandis que, l'œil au guet, de sveltes demoiselles
Aux anneaux noirs et blancs, aux transparentes ailes,
　　Passaient, repassaient sous mes yeux !

Là, vêtu de saphirs, de rubis, d'émeraudes,
L'alcyon du fretin épiait les maraudes,
D'un vieux saule, ou du bord d'un sauvage rosier ;
Là, je courais au jour, à travers la rosée,
Tirer la noire anguille ou la tanche bronzée
　　Du fond d'une prison d'osier !

Là, sur des joncs mêlés d'un peu de terre humide,
La brune poule-d'eau, solitaire et timide,
Couvait ses œufs flottans à l'abri de roseaux,
Où, quand soufflaient du soir les suaves haleines,
Des collines, des bois, des grands monts et des plaines,
　　Tombaient des nuages d'oiseaux.

Voilà ces peupliers, dont les cimes hautaines
Se miraient dans les eaux des viviers, des fontaines,
Qui d'un grand nid de foin se couronnaient souvent,
Dont l'ombre marquait l'heure, hélas ! si vite enfuie ;
Et qui jetaient dans l'air ainsi qu'un bruit de pluie,
    Quand leurs feuilles tremblaient au vent !

Voilà cette rivière où, dans les jours d'automne,
Fougueuse, avec le bruit de la foudre qui tonne,
La barre des grands flux à nos regards roulait ;
Où quelquefois, aux vents toute voile livrée,
Vers ma ville conduit par la haute marée,
    Un léger navire volait !

Le manoir paternel à mes yeux se décore
De ce qui me frappait, bien jeune enfant encore !
Là, tout ce que j'entends, là, tout ce que je vois,
Monts, ondes, vents, jardins, échos, arbres, prairies,
Tout me jette au travers de douces rêveries,
    Tout pour mon cœur prend une voix !

17

Et pourtant ce beau lieu ne peut remplir mon ame !

Mais quand les ans ont fait un volcan de la flamme

Qui lorsque j'étais là commençait à germer,

Ah ! parmi ces témoins de mes fraîches années,

Que mes heures encor couleraient fortunées !

    C'est là que je voudrais aimer !

Saint-Samson-sur-Rille, 20 juin 1830.

LE
BANC DU NORD.

O ma belle et douce péri, je ne te vois plus que dans
mes rèves!.... O ma bonne étoile, lève-toi sans retard!

ADIVARDY.

Omnes eòdem cogimur.

HORAT.

LE

BANC DU NORD.

————◆————

Tandis que mon beau chien à la tête carrée,
A la robe rougeâtre et soyeuse et marbrée,
A l'oreille tombante, avec de vifs abois,
Sur le frais d'un renard s'enfonçait dans les bois,
Rêveur, je regardais, d'une bruyère nue,
La Rille aux cent détours et de moi si connue,

Et la belle vallée où j'ai passé des jours
Dont le doux souvenir en moi vivra toujours ;
Où fleurs et papillons me charmaient ; où mon ame
Ne vibrait point encore aux regards d'une femme :
Et, timide et naïve en ses émotions,
Ne se consumait point au feu des passions ;
Riant pays, qui cache un manoir solitaire,
Où l'on pourrait si bien en un profond mystère
S'enfermer, vivre à deux, et qui, depuis long-temps,
Semble, comme un ami, me dire : « Je t'attends. »
Puis le clocher d'Harfleur, blanchâtre pyramide ;
Le Hâvre et ses quais blancs ceints d'un azur humide,
Où mon père.... mon père !... autrefois obéi,
Maître de Sidney-Smith par le fleuve trahi,
Au risque de ses jours, sous son toit tutélaire,
Ravit le commodore au caillou populaire ;
Honfleur et sa montagne, où, pieux pélerins,
Au sortir de la mer accourent les marins,
Pieds nus, se prosterner devant la Sainte-Vierge,
Au salut des vaisseaux faire offrande d'un cierge,
Ou pendre en la chapelle un navire *ex-voto ;*
Ces hauts bois, de Saint-Pierre antique et vert manteau ;

Le géant de nos ifs dressant sa tête noire ;

La Seine, vers sa perte, élargissant la moire

De sa nappe verdâtre et fauve ; plus voisin,

Au bord de l'eau, le vieux et jaune *Magasin*,

Tout venait de concert nourrir ma rêverie ;

Et mes regards cherchaient cette vaste prairie,

Où des bœufs, des chevaux pâturaient si nombreux,

Dont à quelque vingt ans, d'un pied aventureux,

Téméraire chasseur, je quittai les rivages

Pour des sables sans fin semés d'oiseaux sauvages,

Où je ne pus qu'à peine échapper, en courant,

Au flux qui se ruait sur moi comme un torrent.

Mes yeux n'ont point trouvé ces herbages immenses !

La Seine, dans le cours d'indomptables démences,

A tout pris ! Elle n'a laissé du banc du Nord

Que du sable où son eau de place en place dort !

C'est ainsi que le temps, fleuve que rien n'arrête,

Nous attaque, nous mine et nous fait sa conquête !

C'est ainsi qu'ici bas nous disparaissons tous,

En laissant tout au plus un vain nom après nous !

Ah ! du moins, en passant dans ce désert aride,

Où le vent de la mort incessamment nous ride,

Où l'espoir, beau mirage, est là pour nous leurrer ;
Ah ! du moins tâchons donc, tâchons de rencontrer,
Ainsi qu'une oasis à l'ombre fraîche et verte,
Une ame à notre cœur, à nos pensers ouverte,
Qui vienne un peu calmer cette soif de bonheur,
Qu'en nous donnant le jour met en nous le Seigneur,
Et qui, lorsqu'il faudra que nous quittions la terre,
S'envole avec notre ame au dieu qui désaltère !

Pointe-de-la-Roque, 5 septembre 1832.

NOTES.

18

NOTES.

—

MORGANE.

[1] *Ar ganerez-mor*, chanteuse des mers.

[2] Le roi Grallon, surnommé le Grand par ses sujets, s'est rendu célèbre par des ordonnances pleines de sagesse et par la manière dont il dispensa la justice. Il avait pour conseillers intimes trois hommes que l'Église a mis au rang des saints : Corentin, Ronan et Wingaloc. Mais ni ses vertus, ni les prières de ces ministres de Dieu ne fléchirent en-

18*

tièrement le ciel en sa faveur. Une catastrophe affreuse remplit ses derniers jours d'amertume : il avait une fille qui se nommait Ahès, et près du château qu'elle habitait s'était élevée une ville qui s'appelait Ker-Ahès, aujourd'hui Carhaix. Grallon résidait ordinairement dans la ville d'Is, située sur le bord de la mer, entre la pointe de Crozon et le cap Fontenai. Cette ville, bâtie sur une plage sablonneuse très-basse, était une conquête de l'homme sur les flots de la mer, dont les irruptions la menaçaient. Des digues et des écluses, habilement construites, la garantissaient des inondations. Ces écluses étaient en outre disposées de manière à préserver la ville des approches de l'ennemi. Les clefs de ces écluses étaient, dit-on, déposées dans une cassette de fer, dont la serrure ne s'ouvrait qu'au moyen d'une clef d'or que le roi portait continuellement à son cou. La tradition ajoute que la princesse Ahès, livrée à d'infâmes liaisons avec un ennemi de son père, s'était engagée à donner la couronne à son amant ; qu'afin d'accomplir cette criminelle entreprise, elle se rendit dans la ville d'Is, accabla son père de caresses, de soins, et lui déroba la clef d'or d'où dépendaient les destinées d'un peuple ; que, peu d'instans après, la mer roula sur la cité ; que la princesse fut engloutie par les flots ; et que Grallon vint à Quimper pleurer sa fille et la ville d'Is.

Le roi Grallon était en honneur dans le comté de Cornouaille, et surtout dans la ville de Quimper. La statue équestre de ce roi, en pierre granitique dite de Kersanton, susceptible d'un beau poli, et sonore comme du cuivre, avait été placée au-dessus du portail de la cathédrale de Quimper en 1424, époque où l'on restaura ce curieux monument d'architecture gothique. On y lisait l'inscription qui suit, défigurée dans tous les copistes :

Comme au pape donna l'empereur Constantin
Sa terre, aussi livra ceste à Saint-Corentin
Grallon, roy chrestien des Bretons armoriques,
Qui, l'an quatre-cent-cinq, selon les vrais chroniques,
Rendit son âme à Dieu, cent et neuf ans ainçois
Que Clovis, premier roy des chrestiens françois.
Cy estoit son palais et triomphant demeure.
Ains, voyant qu'en ce mond' n'est si bon qui ne meure,
Pour éternelle mémoir' sa statue à cheval
Fut cy dessus assise, au haut de ce portal
Sculptée en pierre, et bize et neufve et dure,
Pour durer à jamais, si le portal tant dure.
A Landt-Tevenec gist dudit Grallon le corps.
Dieu, par sa saincte grâce, en soit miséricors !

Il y a bien quelque erreur dans cette inscription. Grallon ne mourut qu'en 435. Mais l'évêque de Quimper, Bertrand

de Rosmadec , qui habitait son palais et qui le fit restaurer,
n'était pas tenu de savoir exactement la date de sa mort. Il
est probable que ce fut lui qui institua la singulière cérémonie qui se pratiquait tous les ans en l'honneur de la statue
de Grallon , le 26 juillet, jour de Sainte-Anne. Ce jour-là ,
les chanoines, en grand costume , se rendaient en procession
à la cathédrale , et montaient sur la plate-forme où la statue
équestre était placée ; un des chanoines passait une serviette
au cou du monarque de pierre, lui versait à boire dans un
verre à patte, avalait pour le prince le vieux bordeaux, et
jetait le verre par-dessus la balustrade. Si le verre était reçu
sans brisure par un des nombreux spectateurs de cette cérémonie , celui-ci recevait une somme de cinquante écus, re-
tenus sur le produit des canonicats. Mais on prétend que,
pour compléter la mystification , on cassait le verre avant de
le jeter. Cette cérémonie a eu lieu , pour le dernière fois , le
26 juillet 1790.

Le révérend père Albert Legrand a publié dans son Re-
cueil des vies des saints de Bretagne, vie de saint Guenolé
(Wingaloc), l'épitaphe du roi Grallon , telle qu'on la lisait
autrefois dans une petite chapelle de l'abbaye de Landeve-
nec. Cette chapelle était pratiquée au mur de l'aile droite de
l'église et voûtée à l'antique. Le sépulcre se trouvait à main
droite, en guise de charnier, de granit marbré, fort petit

et court, avec une croix tout du long, gravée dans la pierre ;
il portait cette épitaphe :

Hoc in sarcophago jacet inclpta magna propago,
Gradlonus magnus, Britonum rex, mitis ut agnus,
Noster fundator, vitæ cœlestis amator,
Illi propitia sit semper Virgo Maria.
Obiit anno Domini cccc. xxxv.

Roujoux. *Histoire des Rois et des Ducs de Bretagne.*

[3] Aujourd'hui Landerneau.

[4] Il existe une tradition presque semblable à celle-ci dans
le Brecknockshire.

Mythology and rites of the british Druids,
by E. Davies.

—

LA PARTIE DE DÉS.

[5] M. Vergnaud Romagnési, auteur de l'Album du département du Loiret, de l'Histoire de la ville d'Orléans, etc.

⁶ Dans un seul bloc de pierre d'Apremont et non point de Liais, comme on l'a écrit à tort, se trouvait sculptée la statue du roi, couchée et drapée d'une longue robe à manches sans ornement. Sa tête, ceinte d'une couronne surmontée de fleurs-de-lis, reposait sur un coussin soutenu à droite et à gauche par deux très-petits anges agenouillés dans des espèces de nuages. Sa main gauche soutenait un gant déployé et appliqué sur la robe; c'était le gant destiné à porter le faucon. Sa main droite, à demi-fermée et aussi appliquée sur les plis de la robe, laissait apercevoir une grosseur entre le pouce et le doigt, ce qui avait donné lieu de conjecturer que dans l'origine elle tenait un sceptre. Les jambes et les pieds s'appuyaient sur un lion couché. La table de pierre du même bloc était supportée par quatre lions acculés, dont les têtes seulement étaient saillantes à droite et à gauche, s'entre-regardant. Ce monument, mutilé en 1562 et en 1793, fut mis à prix pour six ou sept francs, sans qu'on pût heureusement trouver d'acquéreur. Ce mausolée, restauré en 1830 par M. Romagnési jeune, sculpteur né à Orléans, choisi par M. Pagot, architecte du département, est simple, grave; il a un aspect antique et majestueux, bien en harmonie avec le beau vaisseau où il est élevé.

VERGNAUD ROMAGNÉSI, *Notice sur la restauration du mausolée de Philippe Ier.*

7 Philippe Ier mourut à Melun le 29 juillet 1108, à l'âge d'environ 50 ans. Ses querelles avec le clergé et avec les religieux de Saint-Denis l'engagèrent à indiquer sa sépulture dans l'église de Saint-Benoît, comptant sur la reconnaissance des moines de cette abbaye qu'il avait comblés de ses dons. Son fils Louis-le Gros exécuta ses dernières volontés avec une rapidité que nécessitait l'état du royaume, car le roi fut transporté de Melun à Saint-Benoît-sur-Loire, en moins de cinq jours. Louis-le-Gros se rendit aussitôt après les obsèques à Orléans, où il fut sacré de nouveau sur le conseil d'Yves de Chartres, car il l'avait déjà été du vivant de son père.

Extrait des manuscrits de Saint-Benoît, par
LEROY et JAUDOT.

8 Les vitraux de la cathédrale de Bayeux représentent une tradition semblable.

—

MÉLUSINE.

9 Brantôme rapporte que Catherine de Médicis voyageant de Troyes à Bayonne, où elle allait voir la reine d'Espagne,

sa fille, s'arrêta en Poitou près d'une fontaine, où des lavandières qu'elle interrogea lui contèrent l'histoire de Mélusine. Cette fontaine, située dans un lieu très-agréable, au pied d'une grande roche qui dominait une longue prairie, se nommait la fontaine de la Soif ou la fontaine des Fées. On l'appelle encore aujourd'hui par corruption la Font-de-Fée. Tous les ans, au mois de mai, il se tient une foire dans la prairie voisine, où les pâtissiers vendent de petites figures de femmes qu'ils nomment des *Merlusines*.

[10] Pressine avait imposé pour loi à son époux, s'il voulait jouir avec elle d'une union douce et inaltérable, de ne jamais se permettre la curiosité de la voir pendant ses couches. Le roi le lui promit avec serment, et oublia bientôt sa promesse.

[11] Cette fête avait été célébrée pour la promotion au grade de chevalier du comte Bertrand, fils du comte de Poitiers.

[12] Mélusine s'était acquis de différentes manières une grande réputation dans le pays : Raymondin, éclairé par les conseils de sa femme, parvint à obtenir du comte Bertrand, successeur du comte de Poitiers, son père, à la souveraineté

du Poitou, un don qui paraissait peu de chose en lui-même, mais qui, entre les mains de Mélusine, devint le fondement d'une puissante maison. Raymondin avait supplié le comte Bertrand de lui donner-en toute propriété la roche qui était au-dessus de la fontaine des Fées, et autant de terrain aux environs qu'un cuir de cerf pourrait en renfermer. Les commissaires nommés par le comte Bertrand pour livrer à Raymondin la possession de la roche et du terrain qui lui avait été accordé, mesurèrent ce terrain avec le cuir de cerf qui leur fut présenté. Ce cuir était coupé par des filets si déliés, qu'il entoura avec la roche une enceinte de plus de deux lieues. Lorsque les deux bouts de ce cuir furent réunis, il sortit du point de réunion une source d'eau très-abondante et qui forma bientôt un grand ruisseau. Ce lieu si stérile, si désert, devint fertile et peuplé par les soins éclairés de Mélusine. Son mariage avec Raymondin avait été célébré en présence du comte Bertrand et de toute sa cour avec une si grande magnificence, que les yeux surpris attribuaient ces richesses à quelque pouvoir magique. La surprise du peuple de Poitou augmenta encore lorsqu'il vit Mélusine remplir le projet qu'elle avait formé d'élever sur la roche une forteresse qui pût servir de fondement à sa puissance. (Ce château, par son heureuse situation et par les fortifications dont il était environné, passait autrefois pour imprenable. Il porta ombrage à plusieurs souverains , et Henri II crut devoir le faire démolir). Mélusine avait donné à ce château le nom de *Lusineem*, que l'on a écrit depuis *Lusignen* et *Lusignan*. Le mot de *Lusineem* convenait d'autant mieux à cette forteresse , qu'il était l'anagramme de *Mélusine*, et que dans le langage d'Albanie il signifiait fort et miraculeux.

Mélusine fit bâtir la ville et le château de Melle et de Vouant, la ville de Saint-Maixant avec l'abbaye, le fort et le bourg de Parthenai. Elle jeta les fondemens des fortifications de La Rochelle et du château. Il y avait déjà une grosse tour bâtie par César , qui se nommait la tour de l'Aigle , parce que cet empereur en portait une dans ses étendards. Elle fit entourer cette tour de fortes murailles , défendues par de grosses tours suivant la manière de fortifier de ce temps-là , et elle lui donna le nom de Castel-Aiglon. Elle bâtit encore Pons en Poitou , rétablit Xaintes , nommée alors Linges. Enfin Mélusine acquit tant de biens à son mari en Bretagne, en Poitou , en Guienne, en Gascogne, qu'il devint un des plus puissans seigneurs de France , et se fit redouter de ses voisins.

Bibliothèque des Romans.

¹³ Mélusine eut dix enfans : Guy, Odon, Urian, Antoine, Regnault, Geofroy, Froimond, Raimond, Thierry; le dixième, qui naquit avec trois yeux dont l'un était au milieu du front, vécut peu de temps : l'histoire ne dit point son nom. Guy se distingua dans une guerre contre les Sarrazins et épousa la fille du roi de Chypre, qui joignit au don de la main de sa fille le don de ses États. Urian, qui avait secondé son frère en héros, épousa la fille du roi d'Arménie, qui lui donna aussi sa couronne.

Odon épousa la fille du comte de la Marche, et succéda à son beau-père dans la souveraineté de cette province. Antoine et Regnault se distinguèrent dans une guerre en Allemagne; l'un se fit élire duc de Luxembourg, et l'autre roi de Bohême.

¹⁴ Geofroy, surnommé à la grande dent, parce qu'il avait une dent semblable à la défense d'un sanglier, qui lui sortait hors de la bouche de la longueur d'un pouce, reçut la principauté de Lusignan des mains de Raymondin, qui se retira parmi les ermites du Montferrat en Aragon. Geofroy avait annoncé, n'étant encore qu'enfant, qu'il serait l'homme le plus fort et le plus vaillant de son siècle : il fit mourir, dit la chronique, plusieurs nourrices pour les avoir tétées avec trop de force, et, à peine âgé de sept ans, il tua deux de ses

écuyers. Il passa dix années à favoriser le commerce dans ses états et à en assurer la tranquillité par de sages ordonnances. Puis, ayant appris que Guy de Lusignan, son frère, avait été dépossédé du royaume de Jérusalem dont il était devenu souverain par la princesse Sibylle, sœur du roi Baudouin IV, qu'il avait épousée en secondes noces, Geofroy équipa une flotte avec les trésors qu'il trouva dans le tombeau d'Elinas, roi d'Albanie, son aïeul, et alla en Palestine réunir ses forces à celles de Guy et d'Urian. Il arrêta la conquête du sultan d'Egypte, et remporta sur lui quelques victoires signalées. La chronique cependant semble un peu diminuer les prodiges de vaillance de Geofroy, en disant que la fée Palatine; une de ses tantes lui avait fait présent, avant son départ pour la Palestine, d'un talisman qui avait une vertu directe contre toute sorte d'armes, et qu'elle accompagna ce présent d'une bague qui rendait invisible celui qui la tenait dans sa bouche.

[15] Les montagnes de Sassenage en Dauphiné renfermaient des cuves qui surprenaient par leur grandeur, leur beauté et l'art avec lequel elles étaient taillées dans le roc. Mélusine, nous dit l'auteur d'un poëme intitulé *Melusina*, choisit ces cuves pour continuer ses bains; elle leur donna la vertu d'annoncer la fertilité ou la stérilité des récoltes, par une plus ou

moins grande quantité d'eau dont elles se remplissent natu-
rellement en certain temps. Lorsque les moissons doivent
être abondantes, l'eau déborde des cuves pleines ; ces cuves
n'ont que peu d'eau dans les années peu fertiles , et restent
vides dans les années stériles.

—

L'ÉTANG DUCAL.

[16] Cet étang se trouve à l'extrémité des faubourgs de
Vannes.

[17] Cette tradition populaire m'a été fournie par Auguste
Lebras, qui, après s'être associé à Victor Escousse dans le
drame de Raymond, s'est associé à lui, au mois de février
1832, dans un affreux suicide, où ces deux pauvres jeunes
gens, pleins de sève et d'avenir, ont été amenés par des
espérances trompées, des illusions évanouies ! Auguste Lebras
était poète, ainsi que l'on pourra s'en convaincre par ces
stances qu'il m'adressa du fond de la Bretagne, à la fin
de 1830 :

𝔄 l'Auteur

DES

LÉGENDES FRANÇAISES.

—

Mon aviron du Scorff battait l'onde courante,
L'onde qui se pressait de se perdre à la mer,
Tandis que, dans les plis de son écharpe errante,
La nuit enveloppait la journée expirante;
Et mon corps frissonnait sous la bise d'hiver.

Je montais la rivière entre les deux collines,
Dont les sommets aigus et chargés d'arbrisseaux
Se découpaient dans l'air ainsi que des ruines;
Et la neige habillait les genets, les épines,
        Semblable au duvet des oiseaux.

Et je pensais à toi, quand près de la vallée
J'arrivais attentif, et qu'au plus léger bruit
Je sentais l'effroi poindre en mon ame troublée;
Car c'est là que des morts la ronde ensorcelée
Tourne comme l'éclair dès que sonne minuit!

C'est là! car je l'ai lu dans la légende antique!
Hâtons-nous d'arriver, car la légende dit
Qu'entraîné bien souvent à ce bal fantastique
Dansa le voyageur, qu'au foyer domestique
        En vain sa famille attendit!

Hâtons-nous d'arriver! Ah! voici le village!
Je vais à la veillée assister près du feu;
Je vais voir devant moi, dans un naïf langage,
S'animer des tableaux reflets du moyen-âge :
Les merveilles du diable et des élus de Dieu!

Que n'es-tu donc ici? Nous aurions jouissance
De nains, de farfadets, de sorciers, de démons;
Et les vieilles terreurs que la Bretagne encense
De ton pinceau d'artiste évoquant la puissance,
    Iraient vivre loin de nos monts!

Oui, là, sous ta palette où tout se colorie,
Quelle moisson brillante et riche s'offrirait!
Oui, là, tu donnerais quelque sœur à *Marie,*
Quelque frère au *veneur,* au *berger de la Brie,*
Ou bien quelque pendant à ton *Bisclavaret!*

Au coin de ce foyer je te garde une place;
Quitte la grande ville aux grands pavés sonnans;
Là, pour nos vieux récits les esprits sont de glace!
Là, le diable est usé! Là, même on a l'audace
    De se moquer des revenans!

Kervegan, 30 décembre 1830.

—

LA CHAPELLE DU DAMNÉ.

18 Saint Marcel, évêque de Paris. Il est ainsi représenté en mémoire d'un miracle rapporté par Grégoire de Tours. Vers le commencement du cinquième siècle, une femme de qualité, qui avait vécu dans le désordre, fut enterrée hors de la ville, selon la coutume. Un serpent énorme parut quelque temps après aux environs du tombeau. Les habitans voisins en furent si effrayés, qu'ils abandonnèrent leurs demeures. Marcel, en ayant été averti, alla au-devant du serpent, suivi d'une foule immense; il lui commanda de se retirer; le serpent prit la fuite et ne reparut plus.

19 Le cierge allumé représente le flambeau de la foi, qui a éclairé le fidèle pendant sa vie, et la clarté des bienheureux de laquelle on espère qu'il sera participant après sa mort. Le crucifix marque qu'ayant combattu toute notre vie sous l'étendard de la croix, nous y faisons encore, au moment de mourir, consister toute notre force, et que c'est en elle que nous mettons toute notre confiance. L'eau bénite enfin signi-

.fie que le chrétien est mort dans l'espérance de ressusciter un jour : on arrose un arbrisseau pour le ranimer.

Instruction sur la sépulture des défunts.

[20] Quantas habeo iniquitates?...

[21] Justo judicio Dei accusatus sum.

[22] Justo judicio Dei judicatus sum.

[23] Justo judicio Dei condemnatus sum.

[24] Lesueur a consacré cette tradition dans un des tableaux de la vie de saint Bruno. Dans les Heures du diocèse de Paris, livre imprimé en 1525, on trouve une gravure qui représente aussi ce miracle. Sous cette gravure placée en tête de l'office des morts, on lit ce quatrain :

> Ung chanoine mort de Paris,
> Ainsi qu'on faisoit son service,
> Répondit au cuœur par ses ditz
> Que damné estoit pour son vice.

LE

CHATEAU DE CLAIRMARAIS.

[25] Saint Bertin, abbé de Sithieu, mourut à l'âge de cent neuf ans. Dieu a pris plaisir à manifester sa sainteté par un grand nombre de miracles, et ses reliques sont honorées à Saint-Omer, dans la célèbre abbaye qui porte son nom.

Vie des Saints.

[26] J'ai puisé cette tradition dans les chroniques de Flandre de M. Henry Berthoud, qui, jeune encore, a pris rang parmi nos meilleurs écrivains.

LES TROIS CHATEAUX

DU BARON D'HOBARD.

[27] En 1146, saint Bernard prêcha la croisade par toute

la chrétienté. Le roi Louis VII fut un des premiers à prendre la croix ; il fut suivi d'un grand nombre de seigneurs.

MÉZERAY.

———

LE SOUTERRAIN DE NAUFFLE.

[28] En 856, Nauffle était une ville considérable. Charles II y assembla ses seigneurs guerriers, ses hommes d'état
et les principaux de son clergé pour aviser aux moyens de
repousser les Normands. Cette assemblée en forme de camp,
dont Hincmar, archevêque de Reims, était un des mem-
bres les plus distingués, fut présidée par le roi lui-même.

On cite parmi les connétables de France Simon de Nauffle.
Louis-le-Jeune s'étant séparé de sa femme Éléonore de
Guienne, Henri, roi d'Angleterre, l'épousa, et ce fut
ce prince anglais qui construisit la belle forteresse de Nauffle,
dont les débris se voient encore. A peine était-elle construite
que le roi de France s'en empara.

En 1189, Philippe-Auguste mit le feu à la citadelle de
Nauffle.

Philippe de Valois, à l'âge de cinquante-six ans, épousa

la plus belle personne de son temps, Blanche, comtesse d'Evreux, âgée de dix-sept ans. Il l'aima tant, dit une chronique, qu'il en mourut un an après. Cette princesse demeura veuve cinquante ans. Elle habita, loin des intrigues de la cour, le château de Nauffle. Il y a apparence que c'est d'elle que les traditions du pays parlent avec tant d'enthousiasme.

Le long souterrain de Nauffle existe encore ; on y entrait il y a peu d'années.

Extrait des notes d'Ismalie.

—

NINON DE L'ENCLOS.

[29] Cette tradition est rapportée par M. Collin de Plancy, dans son Dictionnaire infernal.

—

BLANCHE DE MÉRIGNY.

[30] La bataille de Senef fut la dernière bataille du grand

Condé. De tous les combats qu'il donna, ce fut celui où il prodigua le plus sa vie et celle de ses soldats. Il eut trois chevaux tués sous lui. Il voulait, après trois attaques meurtrières, en hasarder encore une quatrième. Il parut, dit un officier qui y était, « qu'il n'y avait plus que le prince de Condé qui eût envie de se battre. » Ce que cette action eut de plus singulier, c'est que les troupes de part et d'autre, après les mêlées les plus sanglantes et les plus acharnées, prirent la fuite, le soir par une terreur panique. Il y eut près de sept mille morts et cinq mille prisonniers du côté des Français ; les ennemis firent une perte égale.

VOLTAIRE, *Siècle de Louis XIV*.

[31] Cette histoire merveilleuse est racontée par la vicomtesse de Fars, dans ses Mémoires.

LA CROIX DE LATINGY.

[32] Ce château est situé à deux lieues d'Orléans.

[33] Les sorciers trempent un balai dans la fontaine du village, pour faire pleuvoir pendant douze jours.

THIERS, *Traité des superstitions.*

[34] Ce sont, à peu de chose près, les ingrédiens que Shakspeare place dans la chaudière des sorcières de Macbeth.

[35] Les sorciers donnent à leurs ennemis le vertige et le cauchemar en faisant brûler un fagot saupoudré d'encens et d'alun blanc, et en disant: Fagot, je te brûle, ou plutôt je brûle en toi le sang de mon ennemi.

THIERS.

[36] Lorsqu'une sorcière prenait la forme d'un animal, la queue lui manquait toujours, parce que, disait-on, il n'y a pas dans le corps humain de partie correspondante dont on puisse façonner la queue, comme on fait du nez le museau, des pieds et des mains les pattes.

Notes sur Macbeth.

[37] Les sorciers empêchent de dormir en jetant dans les lits des yeux d'hirondelle.

MIZAULD.

³⁸ Les sorciers envoient des charançons dans les blés, des mites dans les étoffes, des chenilles dans les champs, des frélons dans les ruches.

MARTIN DE ARLÈS.

³⁹ Les sorcières disputaient les pendus aux corbeaux, pour en prendre la graisse, qui leur servait à différens usages.

4⁰ Cette plante, à fleurs noires, à feuilles blanches, ne croît, dit-on, que sur la tombe de ceux qui ont été enterrés vivans. Les sorcières l'employaient dans toute sorte de maléfices, particulièrement pour faire périr les enfans, en la leur faisant respirer.

4¹ Un des cinquante moyens de nouer l'aiguillette, était d'enfoncer un couteau dans l'image en cire, nouée fortement avec un cordon, de celui que l'on voulait frapper d'impuissance. Le nouement de l'aiguillette, dont les rabbins attribuent l'invention à Cham, fils de Noé, etait connu des anciens aussi bien que des modernes, et ce maléfice a rendu de tout temps les sorciers redoutables aux nouveaux époux. Mais les Grecs avaient une loi très-expresse, qui portait que tout magicien qui, par charmes, paroles, ligatures, image

de cire ou autre maléfice, enchanterait ou charmerait quelqu'un, ou qui s'en servirait pour faire périr les hommes ou
le bétail, serait puni de mort. Platon conseille à ceux qui
se marient de prendre garde à ces charmes ou ligatures qui
troublent la paix des ménages. On nouait aussi l'aiguillette
chez les Romains ; cet usage passa des magiciens du paganisme aux sorciers chrétiens ; on nouait surtout beaucoup
au moyen-âge ; l'Eglise reconnaissait l'efficacité des ligatures
que plusieurs conciles frappèrent d'anathème ; le cardinal
du Perron fit même insérer dans le rituel d'Evreux de sages
prières contre l'aiguillette nouée.

—

LE BAL CHAMPÊTRE.

42 Village de Flandre, à quelques lieues de Lille.

—

LA PRÉDICTION.

43 Le général Donzelot, ancien gouverneur des îles Io-
niennes et de la Martinique.

44 En Normandie et en Brie , l'on nomme *bourgolées* les feux de joie que l'on allume le jour des Rois.

—

LE CHATEAU
DE LA ROCHE-GUILLEBAULT.

45 On raconte que le diable, ayant gagné l'ame d'Ebbes de Guillebault au passe-dix, lui tordit le cou , pour emmener son gain en enfer.

—

SACRA.

46 Ancien nom de la Corse. On lit dans Hérodote que la Pythie déclara que l'on ne devait bâtir dans l'île de Cyrne que comme pour la demeure d'un héros.

—

LA FILEUSE D'ANNEBAUT.

⁴⁷ Ce château n'a jamais été terminé. On prétend dans le pays que le diable dérangeait la nuit les pierres placées pendant le jour, et que la même chose a eu lieu pour les pierres de ce château employées à d'autres constructions. La terre d'Annebaut passait pour un bien mal acquis.

TABLE.

www.ingramcontent.com/pod-product-compliance
Lightning Source LLC
Chambersburg PA
CBHW052003020726
47501CB00004B/981